안데르센 동화

안데르센 지음

'동화의 아버지'라 불리는 안데르센은 1805년 덴마크 오덴세에서 태어났습니다.
부모님이 어린 시절 들려준 이야기들은 훗날 안데르센의 문학적 재능의 바탕이 되었습니다.
1835년 「어린이를 위한 동화집」을 내놓은 이후로 안데르센 동화는 전 세계 어린이들의
사랑을 받고 있습니다. 「인어 공주」 「미운 오리 새끼」 「벌거숭이 임금님」 등 아동 문학의
최고봉으로 꼽히는 걸작 동화를 많이 남겼습니다.

이창건 엮음

강원도 철원에서 태어났습니다. 「아동문예」로 등단한 뒤 「풀씨를 위해」
「비는 하늘에도 내린다」 등의 시집을 펴내 대한민국문학상 · 한국아동문학상을 받았습니다.

2023년 2월 25일 5판 4쇄 펴냄
2013년 10월 25일 5판 1쇄 펴냄
2005년 3월 10일 4판 1쇄 펴냄
2003년 5월 30일 3판 1쇄 펴냄
2002년 9월 10일 2판 1쇄 펴냄
1996년 4월 15일 1판 1쇄 펴냄

펴낸곳 (주)효리원
펴낸이 윤종근
글쓴이 안데르센 · **엮은이** 이창건 · **그린이** 허유리
등록 1990년 12월 20일 · **번호** 2-1108
우편 번호 03147
주소 서울시 종로구 삼일대로 457, 406호
전화 02)3675-5222 · **팩스** 02)765-5222

이메일 hyoreewon@hyoreewon.com
홈페이지 www.hyoreewon.com

소중한 _____ 에게

_____ 가(이) 선물합니다.

_____

안데르센 동화

안데르센 지음
이창건 엮음 / 허유리 그림

 효리원
hyoreewon.com

어린이 여러분!

학년이 올라갈수록 해야 할 공부도 많아지고 배워야 할 것도 늘어나지요? 게다가 어른들은 책도 많이 읽어야 한다고 말씀하십니다. 어른들이 이야기하는 책 중에서 우리가 반드시 읽어야 할 책은 바로 안데르센 동화입니다.

'동화의 아버지'인 안데르센은 전 세계의 어린이들을 위해 160여 편이나 되는 많은 동화를 써낸 분이지요.

이 책은 그 많은 동화 중에서 초등학교 어린이들이 읽기에 꼭 맞으면서, 아직 잘 알려지지 않은 이야기들만 모아 재미있게 엮은 것입니다.

하지만 단순히 재미만 있는 것은 아닙니다. 안데르센이 쓴 이 동화들은 이야기마다 재미 이상의 감동을 주며, 또 깊이 생각하는 사고력도 키워 줍니다.

이 세상은 아름답습니다. 안데르센은 이 아름다운 세상에 태어난 여러분이 동화를 통해서 진실한 사랑을 찾고, 이

기적인 욕심은 과감히 버리며, 순수한 마음은 언제까지나 간직하기를 원하고 있습니다.

학교 다니랴, 학원 다니랴……, 책 읽을 시간도 없이 바쁜 여러분! 마음을 활짝 열고 안데르센과 함께 예쁜 세상 만들기의 주인공이 되어 보세요.

엮은이 이 철 건

'한스 크리스티앙 안데르센' 하면 누구나 동화를 떠올립니다. 그가 쓴 동화 한두 편을 읽지 않은 사람이 없기 때문입니다. 그래서 우리는 안데르센을 '동화의 아버지'라고 부릅니다.

지난 1세기 동안 안데르센 동화는 전 세계의 거의 모든 어린이들에게 널리 읽혀졌습니다. 또한 지금 이 순간에도 우리 어린이들의 마음을 아름답게 가꾸고 있지요.

안데르센은 1805년 덴마크의 오덴세라는 마을에서 태어났습니다. 그리고 1875년 수도인 코펜하겐에서 일흔 살의 나이로 죽을 때까지 동화 같은 삶을 살았습니다.

가난한 구둣방 주인이었던 아버지는 이야기하는 것을 무척 좋아했습니다. 그래서 안데르센은 어린 시절부터 여러 가지 다양한 이야기를 들을 수 있었답니다. 또한 어머니는 아주 다정다감하신 분이었지요. 따라서 안데르센의 어린 시절은 가난했지만 행복했습니다.

하지만 그의 행복은 그리 오래 가지 않았습니다. 안데르센이 열한 살 되던 해에 그만 아버지가 돌아가신 것입니다. 그 이후, 안데르센에게는 불행한 날들이 계속되었습니다. 하지만 어떠한 불행 속에서도 안데르센이 가진 깨끗한 마음은 변하지 않았습니다. 아니, 삶의 고통과 슬픔이 커질수록 마음만은 더욱 맑고 영롱해졌습니다. 그런 까닭에 아무리 힘들어도 희망을 버리지 않고 올바른 길을 걸을 수 있었겠지요.

소신껏 바른 일을 하면 신의 가호가 언제나 함께한다는 것이 안데르센의 굳은 신념이었습니다. 그러한 사상은 수많은 그의 작품 곳곳에 스며 있습니다.

안데르센은 제대로 학교도 다니지 못했습니다. 정상 교육을 받지 못한 그가 세계적으로 유명한 문학가가 될 수 있었던 것은 오직 하나, 끊임없는 노력의 결과였습니다.

한스 크리스티앙 안데르센은 평생 동안 많이 읽고, 많이 생각했으며, 많이 썼습니다. 나아가 목표를 향한 끈질긴 집념 또

한 대단한 사람이었습니다. 그런 것들이 조화롭게 어우러져서 '동화의 아버지'가 된 것입니다.

안데르센은 동화 이외에도 「즉흥 시인」, 「그림 없는 그림책」, 「자전」 등 어른들을 대상으로 한 희곡과 소설도 많이 썼습니다. 그 작품들 역시 동화에서처럼 읽는 사람에게 감동을 주는 뛰어난 걸작들입니다.

안데르센의 동화는 줄거리의 재미 외에도 삶을 청순하게 하는 정신과 그것을 표현하는 아름다운 문장을 지니고 있습니다. 또 안데르센 동화는 풍부한 공상과 청순한 인간성이 아름답게, 혹은 슬픈 모습으로 문학에 녹아들어 독자의 마음을 울리곤 하지요.

이 책은 160여 편이나 되는 안데르센 동화 중, 초등학교 어린이에게 꼭 맞는 작품만 선택하여 이해하기 쉽게 고쳐 쓴 것입니다. 또한 재미있는 그림도 곁들였으므로 이야기 속의 장면들을 상상해 보는 데 도움이 될 것입니다.

다음은 이 책에 실린 안데르센 동화들에 대한 해설입니다. 선생님과 학부모님께서 어린이들에게 독서 지도를 하실 때 참고가 되었으면 하는 바람입니다.

• 부싯돌 — 병사와 신기한 부싯돌, 그리고 마녀와 아름다운 공주가 등장하는 재미있는 동화입니다.

전쟁이 끝나고 집으로 돌아가던 길에 병사는 우연히 마녀를 만납니다. 그리고 그녀에게서 얻은 신기한 부싯돌 덕분에 착한 부자가 되지요.

몹쓸 예언을 듣고 탑 안에 갇혀 지낸다는 아름다운 공주 이야기를 들은 병사는 부싯돌을 이용해 공주를 만나고, 결국 사랑의 감정을 느끼게 됩니다.

하지만 왕은 하나뿐인 공주가 평범한 병사와 결혼하는 것이 마음에 들지 않았습니다. 그래서 죄도 없는 병사를 감옥에 가두어 버리지요.

그러나 병사는 부싯돌의 도움을 받아 공주를 신부로 맞이합니다. 진실한 사랑 앞에서는 지위도 신분도 방해가 될 수 없는 법이니까요.

• 벼룩과 교수님 — 기독교인은 무조건 잡아먹어 버리는 무시무시한 야만국이 있습니다. 그 나라는 버릇없고 욕심 많은 공주가 지배하고 있었지요.

어느 날, 꾀 많은 교수가 귀염둥이 벼룩을 데리고 야만국을 찾아옵니다. 그런데 공주가 그 벼룩을 보고는 한눈에 반해 버렸네요. 그렇게 해서 공주와 교수가 벼룩을 놓고 머리 싸움을 하게 되는 재미있는 이야기입니다.

공주는 재주 많은 벼룩을 영원히 차지하려고 하지만 교수 역시 만만한 상대가 아닙니다. 그는 결국 열기구를 만들어 타고 벼룩과 함께 소름 끼치는 야만국을 탈출합니다.

야만국의 공주처럼 욕심이 지나치면 주변 사람들에게 피해를 주게 되지요. 자신 또한 그 욕심 때문에 엄청난 손해를 볼 수도 있답니다.

• 뚱뚱이와 홀쭉이 – 세상이란 살아가는 사람의 마음가짐에 따라 얼마든지 달라질 수 있다는 교훈을 담고 있는 이야기입니다.

어떤 경우에도 절망하지 않고 긍정적으로 생각하는 사람에게는 기회도 자주 옵니다. 그러나 사사건건 부정적으로 생각하는 사람에게는 행운도 멀찌감치 도망가 버리고 말지요.

홀쭉이 클라우스는 아무리 어려운 일에 처하더라도 긍정적인 생각을 하고 당당하게 대처해 나가는 사람입니다. 게다가 착한 마음을 갖고 있었기 때문에 좋은 기회를 자주 만날 수 있었지요. 자신에게 선행을 베푼 사람에게는 죽은 다음이라도 은혜를 갚고 싶어하는 법이니까요.

하지만 뚱뚱이 클라우스는 다릅니다. 그는 오직 부자가 되고 싶다는 생각뿐입니다. 결국 뚱뚱이 클라우스는 부자가 되고 싶다는 욕심 때문에 판단력을 잃어 스스로 강물에 뛰어들고 맙니다.

• 아이들의 잡담 - 사람은 누구나 꿈을 갖고 있습니다. 꿈이란 본래 아름다운 것이지요. 특히 어린이들의 꿈은 더욱 아름답습니다.

꿈을 가진다는 것은 가정 환경이나 주변 여건의 좋고 나쁨과는 전혀 상관이 없습니다. 다만 자신을 사랑하는 마음, 확고한 자신감, 그리고 어떤 일이든 최선을 다하는 적극적인 자세를 갖는 것이 중요합니다. 꿈이란 오늘을 열심히 살 수 있는 힘을 가져다줍니다.

따라서 한순간의 어려운 상황에 얽매여 원대한 꿈을 가져 보지도 않는다면 그것만큼 비겁한 삶도 없겠지요? 어린이들에게 원대한 꿈을 갖도록 해 주세요.

사람의 진정한 아름다움이란 외모에서 나오는 것이 아니라,

그 마음속에 어떤 생각들이 담겨 있느냐 하는 데서 나온다는 사실도 잊지 않도록 해야겠지요.

• 바보 한스 — 오늘을 살아가는 사람들은 모두 나름대로 개성을 가지고 있습니다. 외모가 서로 다른 것처럼, 생각 역시 제각각일 수밖에 없지요.

그런데 사람들의 생각이나 행동은 크게 두 가지로 나누어집니다. 그 하나는 모든 것에 계산적인 헛똑똑이들입니다. 순간순간의 이익에 눈이 멀어 무엇이 진정으로 스스로를 위하는 일인지 모르는 사람들입니다.

그리고 또 하나의 부류는 열린 마음과 열린 눈으로 순수하게 살아가려는 사람들입니다. 이런 사람들은 대부분 주변 사람들에게 바보 취급을 받습니다. 이 동화에 나오는 어수룩하고 답답해 보이는 한스가 그 대표적인 예입니다.

한스는 머리로 하는 계산은 형들만 못하지만 진실한 마음을 가졌기에, 똑똑하다는 두 형을 제치고 공주님을 신부로 맞이할 수 있었지요.

• 낙원의 동산 — 한 왕자가 있었습니다. 그는 많은 것을 알고

있었지요. 궁전 안에 있는 책이란 책은 모두 읽어 버릴 만큼 독서광이었기 때문입니다.

그런 왕자도 모르는 것이 하나 있었어요. 그것은 바로 낙원의 동산이라는 곳이었습니다. 아직 한 번도 본 적이 없는 그곳을 왕자는 무척 가 보고 싶었지요.

낙원이라는 곳이 정말로 있을까요? 언제나 즐거운 일만 있는 낙원의 동산, 그곳이 정말로 모든 사람들이 동경하는 천국일까요?

마침내 왕자는 낙원의 동산에 들어갑니다. 그러나 단 하루도 지나지 않아 그곳에서 쫓겨나고 말지요. 모든 것이 다 있는, 신비한 그곳에서도 하지 말아야 할 것이 있었기 때문입니다.

절제할 수 있는 힘이 없다면 아무리 좋은 것이 주어지더라도 지켜 나갈 수 없다는 교훈을 주는 이야기입니다.

• 하늘나라에서 떨어진 꽃잎 – 어떤 물건이든 의미 없는 것은 없습니다. 설혹 주위와 어울리지 않는다 해도 모두 다 필요하기 때문에 존재하는 것이지요.

하지만 우리는 그 가치를 모를 때가 많습니다. 그리고 그것이 허무하게 사라지고 나서야 그것의 소중함을 깨닫고 후회합니다. 하늘나라 식물을 알아보지 못한 사람들, 식물이 사라진 뒤에야 금으로 만든 울타리를 치고 푯말을 세워 기념하려는 사람들의 모습이 안타깝기 그지없습니다.

• 길동무 – 컵에 물이 절반쯤 남았습니다. 그것을 두고 어떤 사람은 '이제 물이 반밖에 남지 않았구나.' 하고 슬퍼합니다. 그러나 어떤 사람은 '물이 아직 반이나 남아 있구나.'라며 감사하게 여깁니다.

똑같은 결과를 두고 부정적으로 생각하는 경우와 긍정적으로 생각하는 경우를 빗댄 이야기입니다. 이 두 부류 중에서 어떤 사람의 삶이 더 행복할까요? 당연히 긍정적인 사고를 하는 사람일 것입니다.

「길동무」의 주인공 요하네스는 친절하고 착할 뿐만 아니라 어려운 사람을 보면 그냥 지나치지 않고 꼭 도와줍니다. 긍정적인 사고와 착한 마음씨 덕분에 결국 사랑하는 공주님과 결혼해서 행복하게 살지요. 순수한 마음으로 남을 도와주면 언젠가는 반드시 좋은 일이 생깁니다.

"콩 심은 데 콩 나고, 팥 심은 데 팥 난다."는 속담과 "뿌린 대로 거두리라."라는 이야기도 다 그런 뜻을 담고 있습니다.

• 돼지치기 소년 – 가난하지만 마음이 착한 왕자와 부자 나라의 오만한 공주에 관한 이야기입니다.

마음이 차가운 사람은 아름다운 것을 보고도 감동할 줄 모릅니다. 이 이야기는 진정한 아름다움이란 겉으로 드러나는 외모에 있는 것이 아니라, 마음속 깊은 곳에 있다는 사실을 일깨워 주고 있습니다.

아름다운 나이팅게일의 노래를 들을 줄 모르고, 장미꽃의 그윽한 향기도 맡을 줄 모르는 공주는 결국 멋진 왕자님의 사랑도 받지 못합니다. 마음을 풍요롭게 하기보다는 눈에 보이는 욕심을 채우는 데 급급했기 때문이지요.

마음이 따뜻한 사람만이 진정한 사랑을 나눌 수 있답니다.

• 두 자루의 양초 – 밀랍으로 만든 고급 양초와 짐승의 기름으로 만든 보잘것없는 양초. 두 양초는 모두 불을 밝히는 역할을 합니다. 그런데 보잘것없는 양초가 가난한 집에서 불을 밝히고 있다고 해서 그것이 하찮은 역할이라고 할 수 있을까요?

세상의 모든 생명에는 타고난 자신의 역할이 있습니다. 그 모든 역할은 한결같이 소중하지요.

• 행복한 집－'행복이란 무엇인가?' 하는 것은 원래 어려운 문제입니다. 그런데 평범한 것이 곧 불행이라고는 할 수 없다는 사실을 잊어버리고 있기 때문에 더 어려워지는 것은 아닐까요?

조용한 생활 속에서 평화로운 행복을 발견한 달팽이가 그 사실을 가르쳐 주고 있습니다.

• 우글우글 와글와글 선생－한 방울의 물방울로 인간 세계의 야비함을 대신 말하고 있는 작품입니다.

대자연 속에서 사는 우리들은 그 무엇 앞에서도 부끄럽지 않은 삶을 살아야 한다고 생각합니다.

• 높이뛰기 시합－벼룩과 메뚜기와 장난감 개구리의 높이뛰기 시합. 참으로 우스운 시합이지요. 그러나 오로지 최고가 되겠다는 무모한 욕심의 결과는 언제나 허무함을 남길 뿐입니다.

• 꽃 피는 찻주전자－자신의 아름다움만 믿고 뽐내던 찻주전자가 어느 날 갑자기 깨져 버려 꽃을 심는 화분으로 인생이 바

꿉니다.

찻주전자는 향기로운 차를 담고 있을 때가 행복했을까요, 꽃을 피우기 위해 흙을 담고 있을 때가 행복했을까요?

이 세상의 모든 것에는 다 주어진 역할이 있습니다.

• 나비의 신부 – 나비는 정말 아름답습니다. 하지만 아름다움이 영원하리라는 생각에 빠져 잘못을 저지릅니다. 자신에게 주어진 시간은 누구에게나 정해져 있답니다.

모든 일들은 자신이 살아 있는 동안 해야 할 적당한 때가 있게 마련이지요. 그때를 놓치고 나면 아무리 후회한들 아무 소용도 없답니다.

이상으로 간단하게 각각의 이야기를 정리해 보았습니다.

이 책은 가능한 한 초등학교 어린이들이 이해하기 쉽도록 하는 데 초점을 맞추어 엮었습니다.

따라서 이 책을 통해 어린 독자들이 안데르센 동화와 친해지는 첫걸음을 뗄 수 있기를 바랍니다.

안데르센 동화는 한 번 읽고 버리는 책이 아닙니다. 또한 어른이나 어린이 누가 읽어도 좋은 책입니다.

읽기 능력이 커지면 내용의 이해력도 상당히 커지게 됩니다. 그래서 「뚱뚱이와 홀쭉이」, 「길동무」처럼 다소 긴 이야기도 실어 보았습니다. 이제 점차 긴 이야기를 읽는 훈련도 해 봄으로써 책을 읽는 힘이 더욱 탄탄해질 것입니다. 그것을 더욱 발전시키는 의미에서 때로는 소리를 내어 읽게 하는 것도 하나의 방법이 될 것입니다.

이제 어린이 스스로 자기가 읽은 책의 의미를 파악하는 방법을 깨닫는 시기입니다. 따라서 어린이의 수준에 맞는 친절한 조언과 지도가 더욱 필요한 때이기도 하지요. 이런 시기에 보여 주는 작은 관심 하나하나가 어린이의 독서 취향을 결정할 수 있습니다.

깨끗한 마음과 인생의 애환을 담은 안데르센 동화가 아이들에게 아름다운 삶에 대한 희망을 심어 줄 것입니다.

부싯돌

한 병사가 시골길을 걷고 있었다. 등에는 배낭을 메고 옆구리에는 칼을 차고 있었다. 그는 전쟁터에서 집으로 돌아가는 길이었다. 병사는 길에서 늙은 마녀를 만났다. 그 마녀는 몹시 흉측한 모습을 하고 있었다.

마녀가 병사에게 말을 걸었다.

"안녕하시오, 군인 양반. 참 멋진 칼과 배낭을 갖고 있구먼. 하지만 이젠 돈도 벌어야지?"

병사는 마녀의 모습이 마음에 들지 않았다. 그래서 마지못해 시큰둥하게 대답했다.

"그래야지요."

"내가 돈을 벌게 해 줄게. 그것도 아주 쉽게, 아주 많은 돈을 말이야."

큰돈을 쉽게 벌 수 있다는 말에 병사는 귀가 솔깃해졌다. 그러자 마녀가 얼른 병사의 코앞으로 바싹 다가와 조용히 속삭였다.

"여기 큰 나무가 보이지?"

늙은 마녀가 바로 옆에 있는 큰 나무를 손가락으로 가리켰다. 병사는 고개를 끄덕이며 큰 나무를 올려다보았다.

　"이 나무는 속이 완전히 비었지. 나무 꼭대기에 올라가면 거기에 구멍이 있어. 그 구멍을 통해 나무 속으로 들어가는 거야. 내가 자네 몸에 밧줄을 감아서 꼭 잡고 있을 테니 한번 들어가 보게. 일이 다 끝나면 안에서 날 부르게. 그러면 내가 다시 꺼내 주겠네."

　"그 안에서 뭘 하라는 거죠?"

　"그냥 돈을 꺼내 오면 돼. 나무 밑바닥으로 내려가면 넓은 복도가 나올 거야. 그곳엔 수많은 등불이 켜져 있어서 아주 밝지. 복도에는 문이 세 개 있는데, 첫 번째 방으로 들어가면 방 한가운데에 큰 상자가 놓여 있을 거야. 그 상자 위에 개가 한 마리 앉아 있어. 그 개는 눈이 왕방울만 하지. 하지만 무서워하지 않아도 돼. 내가 푸른색 바둑무늬 앞치마를 줄 테니 그것을 바닥에 펼치고 거기에 개를 앉히게. 그리고 상자를 열어 안에 있는 돈을 꺼내면 돼. 그 돈은 모두 구리로 되어 있어."

　늙은 마녀가 슬쩍 병사를 보더니 말을 이었다.

　"은화를 갖고 싶으면 다음 방으로 들어가면 돼. 이번에도 앞치마 위에 개를 앉히고 돈을 꺼내라고. 아, 은화보다 금화가 더 좋겠지. 금화를 갖고 싶으면 세 번째 방으로 들어가면 돼.
그 개는 눈이 수박만 해서 좀 무서울 거야. 하지만 겁내지 마.
아까처럼 앞치마 위에 앉히면 얌전해지니까. 그런 다음 갖고
싶은 만큼 금화를 꺼내면 돼."

마녀의 말에 병사가 이상하다는 듯이 고개를 갸웃거렸다.

"그거 괜찮군요. 그런데 나는 당신에게 무얼 주어야 하죠?
바라는 게 있으니까 시키는 거 아닌가요?"

"아니야, 아니야. 난 한 푼도 필요 없어. 그저 낡은 부싯돌
하나만 가져다주면 돼. 옛날에 우리 할머니가 깜박 잊고 안 갖
고 나왔거든."

"좋아요."

병사는 돈을 얻을 수 있다는 말에 마녀의 말을 따르기로 했다.

"자, 그럼 내 몸에 밧줄을 꽁꽁 감아요."

마녀는 음흉하게 미소를 지으며 병사의 몸에 밧줄을 감았다.

"앞치마 여기 있네."

병사는 앞치마를 들고 나무 위로 올라가서는 나무 속으로 들
어갔다. 거기에는 마녀가 일러 준 대로 넓은 복도가 있었는데,
그곳은 아주 환했다.

병사는 첫 번째 문을 열었다. 그러자 왕방울만 한 눈으로 병

사를 노려보며 상자 위에 앉아 있는 개가 보였다.

"자, 착하지."

병사는 그 개를 어르면서 마녀가 준 앞치마 위에 앉혔다. 그러고는 상자 속의 돈을 두 호주머니 가득 넣었다. 병사는 원래대로 개를 상자 위에 앉히고는 묵직한 주머니를 두드리며 밖으로 나왔다.

이번에는 두 번째 방으로 들어갔다. 그곳에는 눈이 야구공만한 개가 있었다.

"그렇게 노려보지 마라."

병사는 그 개도 앞치마 위에 앉혔다. 상자 속에 있는 은화를 본 병사는 주머니에 있는 동전을 모두 꺼내고는 대신 주머니와 배낭 속에 은화를 가득 넣었다.

'난 이제 부자야!'

신이 난 병사는 세 번째 방으로 들어갔다. 그 방에는 정말 눈이 수박만 한 개가 있었다.

"안녕?"

병사는 능청스럽게 인사를 하고는 개를 앞치마 위에 앉혔다.

상자 속에는 금화가 아주 많이 들어 있었다. 금화를 전부 가지고 나간다면 도시 하나를 통째로 살 수도 있을 것 같았다.

'이제 이런 은화는 필요 없어. 여기 이렇게 금화가 잔뜩 있잖아, 금화가! 야, 이 번쩍이는 것 좀 봐. 정말 기가 막히게 아름답군.'

병사는 호주머니와 배낭을 채웠던 은화를 모두 버리고 거기에 금화를 가득 채웠다. 호주머니와 배낭뿐만 아니라 모자, 장화 등 금화를 담을 수 있는 것은 모두 동원했다.

'어이구, 무거워라!'

병사는 제대로 걸을 수조차 없었다. 하지만 주머니가 무거워질수록 병사의 마음은 날아갈 듯이 기뻤다. 금화를 잔뜩 가진 병사는 나무 위를 향해 소리쳤다.

"할머니, 나를 올려 주세요!"

"부싯돌은 찾았나?"

마녀가 물었다.

'아차, 그걸 깜박했군.'

병사는 그제야 부싯돌 생각이 났다.

"잠깐만 기다리세요."

병사는 다시 안으로 들어가서 부싯돌을 찾아왔다.

마녀는 병사를 끌어 올렸다.

병사는 호주머니와 배낭, 심지어 장화와 모자에까지 금화를

잔뜩 채운 채 무사히 밖으로 나왔다.

"이 부싯돌로 뭘 하려는 거죠?"

병사가 물었다.

"그건 알 필요 없어."

마녀는 빨리 부싯돌을 달라고 했다.

"자넨 금화를 가졌으니 어서 부싯돌이나 줘."

하지만 병사는 부싯돌을 주지 않고 버텼다.

"이걸로 뭘 할 건지 말해 줘요. 알려 주기 전에는 절대로 주
지 않겠어요."

"안 돼!"

마녀는 강제로 부싯돌을 빼앗으려고 병사에게 달려들었다.

"에잇!"

둘은 서로 치고받으며 싸우기 시작했다.

그러다 그만 병사의 칼에 마녀가 찔리고 말았다. 마녀는 쓰러졌다. 그러자 병사는 금화를 마녀의 앞치마에 싸서 보따리처럼 메고 곧장 도시로 나갔다. 물론 부싯돌도 가져갔다.

병사는 가장 비싼 여관으로 들어갔다. 이젠 부자가 되었기 때문에 가장 좋은 방에 묵으며 가장 좋은 음식을 시켜 먹었다.

다음 날 병사는 가게에 들러 새 구두와 좋은 옷을 샀다. 병사는 이제 어엿한 신사처럼 보였다.

그러던 어느 날 병사는 궁궐 안에 사는 아리따운 공주 이야기를 듣게 되었다.

"공주님은 어떻게 해야 볼 수 있지요?"

병사가 묻자 사람들은 고개를 절레절레 흔들며 대답했다.

"아무도 볼 수 없어요. 공주님은 구리로 만들어진 탑 안에만 있거든요. 임금님 말고는 누구도 공주님을 만날 수 없어요. 왜냐하면 공주님이 평범한 병사와 결혼할 것이라는 예언을 받았기 때문에 임금님이 몹시 화가 나 있답니다."

'그러니까 더 공주님이 보고 싶은걸!'

병사는 언젠가는 꼭 공주를 만나야겠다고 마음먹었다.

병사는 아주 즐겁게 지냈다. 극장에도 가고, 공원을 거닐기도 하고, 가난한 사람들에게 돈을 나누어 주기도 했다.

부자이면서 착하기까지 한 병사는 친구들도 많이 사귀게 되었다. 그래서 병사는 하루하루가 즐거웠다. 하지만 날마다 그렇게 돈을 쓰다 보니 금세 돈이 바닥나고 말았다.

이제 병사는 좋은 여관 대신 좁고 초라한 방에서 지내야 했다. 게다가 구두도 직접 닦아야 했고, 해어지면 직접 기워 신어야 했다. 이젠 친구들도 더 이상 없었다.

아주 어두운 밤이었다. 하지만 병사는 양초 한 자루 살 돈도 없었다.

'너무 깜깜해. 불을 켜야 할 텐데.'

한참을 고민하던 병사는 마침내 부싯돌을 생각해 냈다.

병사는 얼른 부싯돌을 꺼내 딱 쳤다. 그때였다. 방문이 확 열리더니 나무 속에서 보았던 눈이 왕방울만 한 개가 문 앞에 서 있는 게 아닌가!

"주인님, 무슨 명령이십니까?"

개가 물었다.

'이게 어떻게 된 일이지?'

병사는 깜짝 놀랐다.

'이것 참 재미있는 부싯돌이네.'

한참 동안 어리둥절해 있던 병사는 곧 정신을 차리고 개에게 말했다.

"돈이 좀 필요한데, 돈을 가져다주겠니?"

그러자 개가 휘익 사라지더니 금세 다시 나타났다. 돈이 가득 든 큰 주머니를 물고서였다. 병사는 비로소 알게 되었다. 이것이 얼마나 근사한 부싯돌인지를……!

한 번 치면 구리 동전 상자 위에 앉아 있던 개가, 두 번 치면 은화를 지키고 있던 개가, 세 번 치면 금화를 지키고 있던 개가 나타난다는 것도 금방 알게 되었다.

병사는 다시 좋은 방에서 친구들과 어울렸다.

'예전처럼 지내니 참 좋구나. 하지만 공주님은 여전히 보고 싶은걸!'

병사는 공주를 직접 볼 수 없다는 게 아쉬웠다. 공주가 아무리 예쁘다고 한들 눈으로 볼 수 없다면 아무 소용 없었다.

병사는 부싯돌을 한 번 쳤다. 그러자 눈이 왕방울만 한 개가 나타났다.

"주인님, 무슨 명령이십니까?"

"그건……. 딱 한 번 만이라도 좋으니 아름다운 공주님을 보고 싶구나."

병사가 말했다.

휘익!

바람을 가르며 순식간에 사라졌던 개가 곧 모습을 드러냈다. 잠든 공주와 함께였다.

'오, 공주님!'

공주는 정말 아름다웠다. 병사는 공주에게 입을 맞추지 않을 수 없었다.

잠시 후 개는 공주를 다시 궁으로 데려다 주었다.

다음 날 아침, 공주는 왕과 왕비에게 꿈 이야기를 했다.

"정말 멋진 꿈이었어요. 꿈에 개가 저를 어떤 병사에게 데려다 주었어요. 그 병사가 저에게 입을 맞추었답니다."

"아름다운 꿈이구나!"

왕비는 감탄을 했다.

공주가 방으로 돌아가자 왕비가 시녀를 불렀다.

"오늘 밤 공주를 지키고 있거라. 정말로 그 개가 나타나거든 몰래 따라갔다 오너라. 들키지 않게 조심하고!"

그날 밤 늙은 시녀는 꼼짝도 하지 않고 공주를 지키고 있었다. 병사는 아름다운 공주가 또 보고 싶어 부싯돌로 개를 불렀다.

　이번에도 개는 공주를 데려왔다.

　그런데 이를 어쩌지? 늙은 시녀도 뒤쫓아 와서는 개와 공주가 들어간 여관 대문에 분필로 십자가 표시를 해 놓았다. 그러고는 아무도 눈치채지 못하게 얼른 궁으로 되돌아갔다.

　그런데 개가 공주를 데리고 나오다가 그 십자가 표시를 보았다. 영리한 개는 모든 집의 대문에 분필로 똑같이 십자가 표시를 해 놓았다.

　집집마다 십자가가 그려져 있으니 시녀가 병사를 찾지 못하는 건 당연했다.

　그런데 왕비는 아주 지혜로웠다. 그녀는 큰 비단을 잘라서 작고 귀여운 주머니를 만들었다. 그리고 그 속에 작은 메밀 낟알을 가득 채운 뒤 공주의 등에 묶었다. 물론 그 주머니에는 작은 구멍을 뚫어 놓았다. 이젠 공주가 움직이면 낟알이 흘러나와 어디로 갔는지 알 수 있게 되었다.

　그날 밤도 개가 나타났다. 개는 공주를 업고 병사에게 데려갔다. 어느새 병사는 공주를 몹시 사랑하게 되었다. 그는 꼭

공주와 결혼을 하고 싶었다.

그런데 이번에는 영리한 개도 달려오는 동안 공주의 등에서 낟알이 떨어지는 걸 전혀 몰랐다.

다음 날 아침, 왕과 왕비는 공주가 어디에 갔었는지 알게 되었다. 병사는 당장 감옥에 갇히고 말았다. 병사가 갇힌 감옥은 정말 무서운 곳이었다.

사람들은 병사에게 말했다.

"넌 내일 죽게 될 거야."

그 말은 병사를 아주 슬프게 만들었다. 게다가 부싯돌까지 여관에 놓고 왔지 뭔가!

다음 날 쇠창살 사이로 병사를 보려고 사람들이 모여들었다.

'이제 꼼짝없이 죽게 되었구나.'

병사는 슬퍼하며 밖을 내다보았다.

그때 한 소년이 뛰어오는 것이 보였다. 소년은 구둣방 견습 공이었는데, 너무 급하게 뛰어오는 바람에 그만 나막신 한 짝이 벗겨지고 말았다. 그 나막신은 마침 병사가 갇혀 있는 쇠창살 앞에 떨어졌다.

"얘야, 날 좀 보렴."

병사는 소년을 불렀다.

"내 부탁 좀 들어주겠니? 내가 있던 여관 방에 가서 부싯돌을 좀 가져다줄래? 그럼 내가 4실링을 줄게."

소년은 4실링이 갖고 싶어 부싯돌을 병사에게 갖다 주었다.

마침내 병사는 교수대에 오르게 되었다. 이제 목에 밧줄만 매면 모든 것이 끝나는 순간이었다.

"잠깐만요! 어차피 죽을 목숨이니, 마지막으로 담배 한 대만 피우게 해 주십시오."

병사가 간절히 부탁했다.

"좋다."

왕이 허락했다. 병사는 담뱃불을 붙이려는 듯이 부싯돌을 쳤다.

딱! 딱딱! 딱딱딱!

그러자 눈이 왕방울만 한 개와 야구공만 한 개, 그리고 수박만 한 개가 차례대로 나타났다.

"내가 교수형을 당하지 않도록 너희들이 좀 도와다오."

병사가 개들에게 말했다.

그러자 개들이 왕의 군사들에게 덤벼들었다. 어떤 군사는 다리를 물리고, 또 어떤 군사는 코를 물렸다.

"으악, 사람 살려!"

"아이쿠!"

군사들은 죽을힘을 다해 도망을 쳤다.

"안 돼!"

왕이 소리쳤다.

"으르렁!"

가장 큰 개가 왕과 왕비를 위협했다.

그때 사람들이 소리 높여 외쳤다.

"병사님, 당신이 우리의 새로운 왕입니다. 공주님과 결혼하세요."

"왕이 되어 주세요!"

"만세, 만세!"

사람들은 병사를 왕의 마차에 태웠다. 세 마리의 개는 그 앞에서 춤을 추었고, 아이들은 휘파람을 불었다.

공주는 탑에서 나와 병사와 결혼을 했다. 이제 왕비가 된 것이다. 결혼식 잔치는 일주일이나 계속되었다. 물론 세 마리의 개들도 큰 눈을 빛내며 결혼을 축하해 주었다.

벼룩과 교수님

옛날에 열기구를 타고 다니는 비행사가 있었다. 파란 하늘을 둥둥 떠다니는 열기구 속에서 땅을 내려다보는 건 정말이지 신나는 일이었다.

이 비행사에게는 허풍이 심한 조수가 있었다.

"야호! 하늘을 날아 보지 않은 사람들은 정말 불쌍해. 이런 기분은 죽었다 깨도 모를걸?"

조수는 그날도 하늘 위에서 호들갑을 떨며 소리쳤다.

그런데 바로 그 순간 불행한 일이 생겼다. 열기구가 폭발해서 산산조각이 나고 만 것이다.

다행히 비행사는 폭발하기 직전에 조수를 낙하산으로 탈출

시켰다. 덕분에 조수는 무사할 수 있었다.

빈털터리가 된 조수는 오직 열기구를 다시 타고 싶은 생각뿐
이었다.

'반드시 돈이 생길 거야. 돈이 생기면 열기구를 만들어야지.'

하지만 돈을 벌 수 있는 방법은 좀처럼 떠오르지 않았다. 그
때였다. 침대에 누워 고민하고 있던 조수 앞에 펄쩍! 하고 벼
룩 한 마리가 뛰어올랐다.

'윽, 이게 뭐야!'

조수는 깜짝 놀라 벌떡 일어났다. 그런데 벼룩은 꼼짝도 하
지 않았다. 벼룩과 조수는 서로를 빤히 쳐다보았다.

"그래, 너라도 있어서 다행이다. 난 친구도 돈도 없어. 너처
럼 외톨이에 빈털터리라고."

조수의 말을 알아들었다는 듯이 벼룩이 고개를 끄덕였다.

"허, 고녀석 참! 정말 신기한 벼룩이네. 너, 내 말을 알아듣
는 거니?"

벼룩은 또 한 번 고개를 끄덕였다.

며칠을 벼룩과 함께 보낸 조수는 그 벼룩을 매우 아끼게 되
었다. 신통하게 벼룩이 조수의 말을 아주 잘 들은 것이다.

조수는 벼룩에게 여러 가지 재주를 가르쳤다. '받들어총' 하

는 자세와 작은 대포를 쏘는 방법 등 다양한 곡예 기술이었다.
그는 벼룩을 아주 자랑스럽게 여겼다. 벼룩도 으쓱해졌다.

조수는 벼룩을 데리고 도시로 나갔다.

"보세요, 보세요! 이제부터 깜짝 놀랄 일이 여러분 눈앞에
펼쳐집니다. 세상 어디에서도 볼 수 없는 신기한 벼룩의 깜짝
쇼입니다!"

그는 도시 사람들에게 벼룩의 재주를 보여 주었다. 사람들은
아주 재미있어 했다.

조수는 사람들에게 자신을 교수라고 소개했다. 사람들은 모
두 그를 '교수님'이라고 불렀다.

며칠 뒤에는 공주와 왕자에게까지 재주를 보이고 큰 박수를
받기도 했다. 그리고 신문에 기사가 실리기도 했다.

벼룩과 교수는 열차를 타고 세계 이곳저곳을 돌아다녔다. 여
행을 할 때에는 언제나 4등석에 앉았다. 4등석에 앉아도 1등
석만큼이나 빨리 달려서 괜찮았다. 그들은 영원히 헤어지지
않을 것이며, 교수는 결혼도 하지 않고 벼룩과 함께 살겠다고
약속했다. 마침내 이들은 야만국을 제외한 나라들을 모두 다
돌아다녔다.

"벼룩아, 야만국은 기독교인들을 잡아먹는단다."

물론 그는 기독교인이 아니었다. 벼룩도 사람은 아니었다. 그래서 둘은 야만국으로 가기로 했다.

"그곳에 가면 큰돈을 벌 수 있을 거야."

교수와 벼룩은 증기선과 돛단배를 타고 야만국으로 향했다. 야만국의 통치자는 작은 공주였다. 이제 겨우 열여덟 살인 공주는 부모에게서 권력을 빼앗을 정도로 욕심이 많았다.

교수와 벼룩은 이 공주 앞에까지 가게 되었다. 벼룩이 받들어총 자세를 보이고 대포를 쏘자, 공주는 깔깔거리며 웃었다.

"정말 재미있구나."

"감사합니다, 공주님."

교수가 대답했다.

"이것을 내게 달라. 다른 건 필요 없다."

공주는 사랑에 있어서도 맹목적이었다.

"공주야, 벼룩을 사랑하지 마라. 이것이 진짜 사람이면 얼마나 좋겠니?"

공주의 아버지가 말했다.

"그건 나한테 맡기시라고요, 노인장."

공주가 아버지에게 무례하게 말했다.

"벼룩아, 이제 넌 사람이다. 나와 함께 나라를 다스리자. 그

러나 내가 시키는 대로 하지 않을 때는 너를 죽이고 교수도 잡
아먹겠다."

공주가 명령했다.

공주는 교수에게 큰 방을 얻어 주었다.

벼룩은 늘 공주 옆에 있게 했다. 벼룩은 공주의 작은 손바닥
이나 가는 목에 앉아 있어야 했다. 공주는 벼룩의 다리를 묶었
던 교수의 머리카락을 풀고, 대신 자기 머리카락으로 벼룩을
커다란 산호 귀고리에 매달았다.

'벼룩도 분명 좋아할 거야!'

공주는 만족했다.

그러나 교수는 속이 상했다.

'난 이 도시 저 도시를 정처 없이 떠돌아다니는 게 좋아. 이
렇게 방 안에만 갇혀 있어야 하다니, 이건 말도 안 돼.'

교수는 날이면 날마다 누워 지냈고, 빈둥거리며 좋은 음식
을 먹었다. 그러나 좋은 음식이란 게 신선한 새알, 코끼리 눈,
기린 넓적다리 구이 등이었다.

지루해진 교수는 야만국을 벗어나고 싶었다. 하지만 벼룩을
두고 갈 수는 없었다. 벼룩은 그에게 아주 중요한 존재이기 때
문이었다.

'어떻게 벼룩을 데려오지?'

공주에게서 벼룩을 되찾는 것은 결코 쉬운 일이 아니었다. 그는 온갖 지혜를 짜냈다. 드디어 좋은 생각이 떠올랐다. 그래서 곧장 공주의 아버지를 찾아갔다.

"저, 제가 이 나라를 위해 기막힌 일을 해 드리고 싶습니다."

"어떤 것인가?"

공주의 아버지가 물었다.

"대포는 천지를 진동시키고, 하늘을 나는 가장 맛있는 새들을 구워서 떨어지게 합니다. 이때 커다란 소리가 나지요."

"그럼, 대포를 가져오라!"

"하지만 그건 이 땅 어디에도 없습니다. 제게 재료를 주시면 한번 만들어 보겠습니다."

교수가 말했다.

"어떤 것이 필요한고?"

"고운 비단과 바늘, 실, 끈과 줄, 그리고 열기구의 연료가 필요합니다. 열기구에 바람이 들어가면 부풀어 올라 하늘 높이 올라가지요. 이것이 하늘에서 얼면 대포가 되는 겁니다."

교수는 자기가 원하는 것을 모두 구할 수 있었다.

야만국의 온 백성들이 커다란 대포를 보려고 벌 떼같이 몰

려들었다. 교수는 열기구에 공기를 가득 채워서 띄우기 전까지는 사람들을 부르지 않았다. 벼룩은 공주의 손바닥 위에 앉아서 그 모습을 바라보고 있었다.

드디어 열기구에 공기가 가득 찼다. 이제 높이 올라갈 준비가 된 것이다. 교수는 열기구에 매달아 놓은 바구니에 앉았다.

"저 혼자서는 이것을 움직일 수가 없습니다. 옆에서 저를 도와줄 동료가 필요해요. 그런데 벼룩 말고는 아무도 도울 수가 없군요."

교수가 공주를 바라보며 말했다.

"음, 정 그렇다면 할 수 없지. 허락하노라."

공주는 교수에게 벼룩을 주었다. 이렇게 해서 벼룩은 마침내 교수의 손바닥에 앉게 되었다.

"자, 이제 높이 올라갑니다."

열기구는 둥실둥실 떠올라 야만국 땅에서 벗어났다.

작은 공주와 공주의 어머니와 아버지, 그리고 온 백성들은 서서 그들이 내려오기만을 하염없이 기다렸다. 하늘에서 꽁꽁 얼어 대포가 되어서 내려오기를.

그들은 계속해서 기다렸다. 믿지 못하겠다고?

그렇다면 직접 야만국으로 여행을 떠나 보면 믿게 될 것이다. 언제, 어디를 가든 사람들이 교수와 벼룩에 대해 이야기하는 것을 듣게 될 테니까. 그리고 대포가 곧 돌아올 것이라고 믿고 있는 사람들도 보게 될 것이다.

그러나 교수와 벼룩은 다시는 돌아오지 않을 게 뻔했다. 지금 그들은 자기 나라에서 4등석 열차가 아니라 1등석을 타고 여행을 하고 있다. 기막힌 돈벌이인 좋은 열기구를 가지고 있으니까…….

그런데 아무도 교수와 벼룩이 그 희한한 열기구를 어떻게 갖게 되었는지는 몰랐다.

뚱뚱이와 홀쭉이

어느 마을에 이름이 같은 두 사람이 살고 있었다. 둘 다 '클라우스'라는 이름이었다. 사람들은 그 둘을 구별하려고 한 사람은 '뚱뚱이 클라우스', 또 한 사람은 '홀쭉이 클라우스'라고 불렀다.

뚱뚱이 클라우스에게는 말이 네 마리 있었는데, 홀쭉이 클라우스에게는 겨우 한 마리뿐이었다.

홀쭉이 클라우스는 일주일 내내 뚱뚱이 클라우스를 위해 밭을 매고, 한 마리뿐인 자기의 말까지 빌려 주었다.

물론 뚱뚱이 클라우스도 홀쭉이 클라우스를 도왔다. 하지만 뚱뚱이 클라우스는 일주일에 하루 만 도왔을 뿐이다. 그것도 일요일에만 그랬다.

"이랴! 이랴!"

홀쭉이 클라우스가 채찍을 휘두르며 말을 부렸다. 말들은 홀쭉이 클라우스가 휘두르는 채찍을 맞으며 온종일 열심히 일을 했다.

태양빛이 찬란하게 내리쬐는 일요일, 사람들은 모두 깨끗하게 차려입고 목사님 설교를 들으러 교회로 갔다.

하지만 홀쭉이 클라우스는 다섯 마리의 말로 밭을 매느라 교회에도 갈 수가 없었다. 그래도 홀쭉이 클라우스는 채찍을 휘두르며 신이 나서 외쳤다.

"후, 내 말들아!"

그 소리를 들은 뚱뚱이 클라우스가 말했다.

"그렇게 말하면 안 되지. 한 마리만 네 거잖아."

그러나 홀쭉이 클라우스는 사람들이 자기 옆을 지나갈 때 그렇게 말하면 안 된다는 것을 까맣게 잊어버리곤 했다.

"후, 내 말들아!"

그러자 뚱뚱이 클라우스가 화를 냈다.

"한 번 만 더 그렇게 말하면 가만있지 않겠어."

"알았어. 다시는, 다시는 그렇게 말하지 않겠다고 약속할

게. 정말이야."

홀쭉이 클라우스는 다시 한 번 약속을 했다.

그러나 또 사람들이 지나가면서 고개를 숙여 인사를 하자, 홀쭉이 클라우스는 기분이 굉장히 좋아졌다. 다섯 마리의 말을 끌고 밭을 매고 있으니 아주 멋지게 보일 거라고 생각한 것이다. 그래서 채찍을 휘두르며 외쳤다.

"후, 내 말들아!"

"네놈이 내 말을 우습게 알다니, 어디 맛 좀 봐라!"

뚱뚱이 클라우스는 화가 머리끝까지 치밀었다. 그래서 홀쭉이 클라우스의 말을 몽둥이로 때려서 죽이고 말았다.

"아, 이제 나는 말이 한 마리도 없구나."

홀쭉이 클라우스는 자신의 신세를 한탄하며 엉엉 울었다.

한참 만에 정신을 차린 홀쭉이 클라우스는 말가죽을 벗겨서 바람에 잘 말린 뒤 자루 속에 넣었다. 그러고는 말가죽을 팔러 도시로 갔다.

"말가죽 사세요! 세상에서 제일 훌륭한 말가죽이에요!"

홀쭉이 클라우스는 쉬지 않고 큰 소리로 외쳤다. 그러나 아무도 말가죽을 사려고 하지 않았다.

홀쭉이 클라우스는 하루 종일 걸어 저녁 무렵에 한 농가에

다다랐다.

　농가의 창문은 모두 닫혀 있었지만 빛이 새어
나왔다. 그는 그곳에서 하룻밤 머물 생각으로
다가가 문을 두드렸다.

"여보세요, 날이 저물어서 그러니 하룻밤 만 재워 주세요."

농가에서 부인이 나왔다.

"안 됩니다. 지금 남편이 집에 없어서 낯선 사람을 들일 수 가 없어요."

"그렇다면 헛간이라도 좋습니다."

홀쭉이 클라우스는 사정을 했다.

"안 돼요!"

부인은 쾅 하고 문을 닫아 버렸다.

마침 농가 옆에는 건초 더미가 쌓여 있었고, 이 건초 더미와 농가 사이에는 평평한 초가지붕을 얹은 작은 헛간이 있었다.

'옳지, 저 위에서 자면 되겠구나.'

홀쭉이 클라우스는 지붕 위로 기어 올라갔다. 그러고는 자 리를 잡고 누웠다. 그런데 바로 앞에 농가의 창문이 있었다. 그 창문으로 방 안을 들여다볼 수 있었다.

방 안에는 큰 식탁이 있었다. 식탁 위에는 먹음직스러운 고 기와 음식, 그리고 포도주가 푸짐하게 차려져 있었다.

식탁에는 농부의 아내와 성당 관리인 둘만이 앉아 있었다. 부인은 성당 관리인에게 포도주를 따라 주었다. 성당 관리인 은 생선을 맛있게 먹었다.

'저걸 좀 얻어먹을 수 있었으면……'

홀쭉이 클라우스는 군침을 삼키며 방 안을 들여다보았다. 방 안은 꼭 잔칫집 같았다.

그때 말발굽 소리가 들려왔다. 바로 농부였다. 말을 타고 집으로 돌아오고 있는 농부는 마음씨가 착한 사람이었다.

하지만 농부는 성당 관리인을 아주 싫어했다. 성당 관리인만 보면 미친 듯이 화를 냈다. 그래서 성당 관리인은 오늘 농부가 없다는 것을 알고 농부의 아내에게 인사도 할 겸 집에 놀러 온 것이었다.

농부를 닮아 마음씨 좋은 부인은 정성껏 음식을 대접하고 있던 참이었다. 그들은 농부가 오는 소리를 듣자 소스라치게 놀랐다.

"어서 저 상자 속으로!"

부인은 성당 관리인에게 뒤 모퉁이에 놓여 있는 빈 상자 속에 들어가라고 했다. 그러고는 재빨리 음식들을 화덕 속에다 감추었다. 만약 음식이 남편의 눈에 띄면 틀림없이 모든 걸 알아차릴 게 뻔했기 때문이다.

"저걸 어째!"

홀쭉이 클라우스는 음식이 없어지는 것을 보고 안타까워하

며 저도 모르게 중얼거렸다.

"거기 누구요?"

농부가 홀쭉이 클라우스를 보며 소리쳤다.

"아니, 왜 거기 누워 있는 거요?"

홀쭉이 클라우스는 농부에게 하룻밤 재워 달라고 부탁했다.

"좋소, 우리 집으로 들어갑시다. 그런데 배가 고프니 우선 무얼 좀 먹도록 합시다."

이번에는 부인도 홀쭉이 클라우스에게 친절했다. 하지만 음식은 보리죽만 내놓았다. 배가 고팠던 홀쭉이 클라우스는 화덕 속에 있는 음식을 생각하며 군침을 흘렸다. 그는 화덕에서 눈을 뗄 수가 없었다.

　배가 고파 먹긴 했지만, 보리죽은 정말 맛이 없었다. 홀쭉이 클라우스는 발치에 있는 자루 위에 발을 올려놓고 화덕 속의 음식만 생각했다.

　'맛있는 음식을 두고 이런 것만 주다니! 심보가 괘씸한데 곯려 줄 방법이 없을까?'

　잠시 후 좋은 생각이 떠오른 홀쭉이 클라우스가 자루를 발로 밟기 시작했다.

　"부스럭! 부스럭!"

　말가죽이 들어 있는 자루 속에서 자꾸만 소리가 났다.

　"아니, 자루 속에 뭐가 들어 있는 거요?"

　농부가 물었다.

　"오! 이 속엔 마법사가 있지요."

　홀쭉이 클라우스가 꾀를 내어 말했다.

　"보리죽을 먹으면 안 된다고 말하는군요. 화덕 속에 우리를 위해 구운 고기와 생선이 있다고요."

홀쭉이 클라우스는 다시 자루 위에 발을 올려놓고 부스럭 소리를 냈다.

"이번엔 또 뭐라고 하는 거요?"

농부가 신기한 듯이 물었다.

"마법사가 우릴 위해 포도주 세 병도 만들어 놓았다는군요. 저 구석에 있다고 합니다."

부인은 하는 수 없이 감추어 두었던 고기와 생선은 물론 포도주까지 가져왔다.

포도주를 마신 농부는 기분이 몹시 좋아졌다. 그리고 자루 속에 들어 있다는 마법사가 탐이 났다.

"마법사가 악마도 부를 수 있나요?"

농부가 물었다. 그러더니 이렇게 덧붙였다.

"기분이 좋으니 악마도 한번 보고 싶네, 허허."

"그야 어렵지 않지요."

홀쭉이 클라우스가 말했다.

"마법사는 마음만 먹으면 무엇이든지 할 수 있어요. 이봐, 그렇지?"

그러면서 홀쭉이 클라우스는 자루를 건드려 소리가 나게 했다.

"마법사가 '네.'라고 하는 거 들리지요? 그러나 악마가 너무나 흉하게 생겼답니다. 차라리 보지 않는 게 나을 텐데요."

"아니요, 난 조금도 겁나지 않소. 대체 악마가 어떻게 생겼는지 한번 봅시다."

"그게 성당 관리인과 똑같은 모습이라고 그러는데요."

"그렇담 흉하긴 흉하겠군. 그런데 내가 성당 관리인을 싫어하는 것을 어떻게 알았소? 하지만 괜찮소. 사람이라는 게 원래 악마 같으니까. 다만 악마가 내게 가까이 오지 않게만 해주시오."

"좋아요. 마법사에게 한번 물어볼게요."

홀쭉이 클라우스는 자루에 귀를 가까이 갖다 대었다.

"이번엔 또 뭐라고 그러는 거요?"

"저기 구석에 있는 상자를 열어 보면, 그 안에 악마가 몸을 잔뜩 웅크리고 앉아 있을 거라는군요. 악마가 도망가지 못하도록 뚜껑을 꼭 붙들고 있어야 한대요."

"좋소, 그렇게 합시다. 뚜껑을 놓치지 않도록 날 좀 도와주시오."

농부는 성당 관리인이 숨어 있는 상자로 다가갔다.

성당 관리인은 잔뜩 겁을 먹고 가슴을 졸이고 있었다. 농부는 뚜껑을 조금 열고 안을 들여다보았다.

"이런 세상에! 악마가 있네, 있어. 정말 성당 관리인처럼 생겼어!"

농부는 소리치며 뒤로 풀쩍 물러났다.

두 사람은 다시 포도주를 마셨다.

"내게 그 마법사를 팔 수 없겠소?"

농부가 말했다.

"대신 원하는 건 뭐든지 주겠소. 좋소, 당신에게 돈을 한 자루 주겠소."

"아니, 그럴 수 없어요."

홀쭉이 클라우스는 짐짓 손사래를 쳤다.

"이 마법사는 제게는 진짜 소중하거든요."

"내 이렇게 부탁하겠소. 난 어려서부터 마법사를 무척이나 갖고 싶어했소."

농부는 마법사를 팔라고 계속 졸랐다.

"정 그러시다면 팔지요."

홀쭉이 클라우스는 마지못한 척 말했다.

"마음씨가 좋은 분 같아서 할 수 없이 마법사를 파는 겁니다. 대신 약속대로 돈을 한 자루 주셔야 해요."

"물론이오!"

농부가 기분 좋게 말했다.

"그런데 악마가 들어 있는 상자는 좀 가져가시오. 나는 저 상자를 내 집에 두고 싶지 않소. 악마가 아직도 그 안에 들어 있을지도 모르니까."

홀쭉이 클라우스는 말린 말가죽이 들어 있는 자루를 농부에게 주었다. 그 대신 돈을 한 자루 꼭꼭 채워 받았다. 게다가 농부는 돈과 상자를 가져갈 수 있도록 수레까지 주었다.

"그럼 안녕히 계세요."

홀쭉이 클라우스는 돈과 성당 관리인이 들어 있는 상자를 싣고 떠났다.

얼마 안 가서 숲이 나왔다. 숲의 반대편에는 크고 깊은 강이 흐르고 있었다. 강에는 다리가 하나 놓여 있었다.

홀쭉이 클라우스는 다리 한가운데 멈추어 서서 상자 안에 있는 성당 관리인이 들을 수 있도록 큰 소리로 외쳤다.

"그래, 이 바보 같은 상자를 가지고 가서 뭘 하겠어? 무겁기만 하지. 그러니 강에다 던져 버려야겠다."

그러고는 마치 강물 속에 상자를 당장 던질 것처럼 약간 들어 올렸다.

"제발 그러지 마. 제발!"

성당 관리인이 상자 안에서 소리쳤다.

"제발 나를 꺼내 줘!"

홀쭉이 클라우스는 겁먹은 시늉을 하며 큰 소리로 외쳤다.

"이런, 악마가 아직까지 있었군. 밖으로 나오기 전에 빨리 강에 던져 버려야겠다."

"안 돼! 안 돼!"

성당 관리인이 소리쳤다.

"나를 살려 주면 돈을 한 자루 줄게."

"아, 그래? 그렇다면 살려 주지."

홀쭉이 클라우스는 상자를 열었다.

성당 관리인은 재빨리 나와 빈 상자를 강물에 던지고는 허겁지겁 집으로 갔다. 물론 홀쭉이 클라우스는 돈을 한 자루 받았다. 이제 수레는 돈으로 가득 찼다.

"말가죽 값을 아주 톡톡히 받았는걸!"

홀쭉이 클라우스는 매우 기뻤다.

그는 집으로 돌아와 돈을 꺼내 방바닥에 산더미처럼 쌓아 놓았다. 그러고는 이렇게 중얼거렸다.

"가만 있자, 돈이 얼마나 되는지 세어 보려면 됫박이 필요한데, 뚱뚱이 클라우스한테 빌려야겠네. 죽은 말 덕분에 이렇게 부자가 된 것을 뚱뚱이 클라우스가 알면 몹시 샘을 낼 거야. 그러니 자랑하지 말아야지."

홀쭉이 클라우스는 이웃집 소년을 시켜 뚱뚱이 클라우스에게 됫박을 빌려 오게 했다.

'이 됫박으로 뭘 하려는 걸까?'

뚱뚱이 클라우스는 이상하게 생각했다. 그래서 됫박 바닥에 아교를 발라 놓았다. 그러면 됫박에 담았던 것이 조금이라도 붙어 있을 거라고 생각했다.

뚱뚱이 클라우스의 생각은 맞아떨어졌다. 됫박을 돌려받았을 때 그 바닥에 은화 세 개가 붙어 있었던 것이다.

'이게 어떻게 된 거지?'

뚱뚱이 클라우스는 곧바로 홀쭉이 클라우스에게 달려갔다.

"이봐, 어디서 그렇게 많은 돈이 생긴 거야?"

"아, 내 말가죽 값이야. 어제 저녁에 팔았지."

"정말 값을 잘 받았구나."

욕심쟁이 뚱뚱이 클라우스는 재빨리 집으로 달려와 말 네 마리를 모두 죽였다.

뚱뚱이 클라우스는 도시로 나가 큰 소리로 외쳤다.

"말가죽 하나에 은화 한 자루요."

"미쳐도 단단히 미쳤구먼. 누가 그 흔한 말가죽 값을 그렇게 비싸게 쳐 준대?"

사람들이 뚱뚱이 클라우스에게 손가락질을 했다.

"가죽이오, 가죽. 말가죽 사시오!"

뚱뚱이 클라우스는 다시 외쳤다. 하지만 사람들은 그를 비웃을 뿐이었다.

"우리를 바보로 아는 너 같은 놈은 혼이 나야 해. 이 도시에서 썩 꺼져."

뚱뚱이 클라우스는 허겁지겁 도망칠 수밖에 없었다. 간신히 집으로 돌아온 그는 화가 머리끝까지 치밀어 올랐다.

"홀쭉이 클라우스 이놈, 어디 두고 보자. 오늘 당한 창피를 꼭 갚아 주고 말 테다."

뚱뚱이 클라우스는 큰 자루를 가지고 홀쭉이 클라우스에게 달려갔다.

"넌 나를 바보로 만들었어."

뚱뚱이 클라우스는 홀쭉이 클라우스의 몸을 묶고는 자루 속에 집어넣었다.

"이렇게 자루에 넣어서 강물에 던져 버릴 거야."

강으로 가는 길은 몹시 멀었다. 게다가 홀쭉이 클라우스는 홀쭉하기는 해도 제법 무거웠다. 마침 뚱뚱이 클라우스는 교회 옆을 지나게 되었다. 교회에서는 사람들이 찬송가를 부르고 있었다. 뚱뚱이 클라우스는 홀쭉이 클라우스가 들어 있는 자루를 내려놓았다.

"교회에서 찬송가를 듣고 가는 게 좋겠어. 설마 그 사이에 홀쭉이 클라우스가 빠져나올 리는 없겠지!"

뚱뚱이 클라우스는 이렇게 중얼거리며 교회로 들어갔다.

"사람 살려요!"

홀쭉이 클라우스는 자루 안에서 몸을 이리저리 뒤척이며 소리를 질렀다. 하지만 밧줄을 풀고 자루 속에서 빠져나올 수는 없었다.

그때 한 늙은 목자가 교회 쪽으로 걸어오고 있었다. 눈처럼 흰 머리에 손에는 긴 지팡이를 들고 있었다.

늙은 목자는 소 떼를 몰고 오던 길이었다. 그런데 그만 홀쭉이 클라우스가 들어 있는 자루에 걸려 넘어지고 말았다.

"아이쿠! 이게 무슨 일이지? 난 아직 젊은데, 벌써 하늘나라에 왔나?"

홀쭉이 클라우스가 놀라서 외쳤다.

"아, 이런! 나는 늙었는데도 아직 하늘나라에 들어가지 못했다오."

늙은 목자도 한탄을 했다.

"자루를 풀어 주고 저 대신 들어와 계세요. 그러면 금방 하늘나라로 갈 수 있답니다."

홀쭉이 클라우스가 소리쳤다.

"그래? 그렇다면 기꺼이 그렇게 하지."

늙은 목자는 자루를 풀어 주었다. 홀쭉이 클라우스는 얼른 자루에서 나왔다.

"젊은이, 나 대신 소들을 잘 돌봐 주게."

늙은 목자는 이렇게 부탁하고 자루 안으로 들어갔다.

홀쭉이 클라우스는 자루를 단단히 묶은 뒤 소 떼를 몰고 집으로 돌아갔다.

조금 있다가 뚱뚱이 클라우스가 교회에서 나왔다. 그는 자루를 다시 등에 멨다.

그런데 자루가 조금 전보다 훨씬 가볍게 느껴졌다. 늙은 목자가 홀쭉이 클라우스보다 더 가벼웠기 때문이었다.

'잠깐 동안 이렇게 가벼워지다니! 내가 찬송가를 듣고 나와서 그런가 보다.'

뚱뚱이 클라우스는 이윽고 강에 도착했다. 그는 흐르는 강물 속에 자루를 힘껏 던졌다. 그리고 소리쳤다.

"나쁜 놈! 이제 더 이상 나를 바보로 만들지 못할 거야, 절대로!"

뚱뚱이 클라우스는 기분 좋게 집으로 돌아갔다.

그런데 이게 어찌 된 일일까? 저쪽에서 소 떼를 몰고 오는 홀쭉이 클라우스를 만난 것이다. 뚱뚱이 클라우스는 너무 놀라 금방이라도 기절할 것만 같았다.

"아니, 이게 어떻게 된 거지?"

홀쭉이 클라우스가 싱글벙글 웃으며 대답했다.

"그래, 맞아. 자넨 조금 전에 날 강물에 던져 버렸지."

"그런데 도대체 어떻게 이토록 많은 동물들을 얻은 거지?"

"이것들은 바다 가축일세."

홀쭉이 클라우스는 어떻게 된 일인지 자세히 설명하기 시작했다.

"날 물에 빠뜨려 줘서 정말 고맙네. 자네가 날 다리 위에서 차가운 강물 속으로 던졌을 때, 이젠 죽었구나 싶었지. 금세 강바닥 깊숙이 가라앉았으니까. 강바닥에는 아름답고 연한 풀들이 자라고 있었는데, 나는 그 위에 떨어졌지. 그런데 자루가 스르르 풀리는 게 아닌가? 눈같이 하얀 옷을 입고 초록색 화관을 쓴 사랑스런 처녀가 내 손을 잡으며 말하더군. '네가 홀쭉이 클라우스니? 네게 바다 가축을 줄게. 저 위로 한참 올라가면 바다 가축이 있단다.' 하고 말이야. 강은 그곳 바다 사람들의 큰길이었어. 바다 사람들은 바다에서 육지까지 걸어가기도 하고 물살을 타고 가기도 했어. 그곳은 온갖 꽃들과 싱싱한 풀들이 피어 있어 몹시 아름답다네. 물고기들은 유유히 헤엄치며 내 옆을 스치고 지나갔어. 마치 새들이 공중을 날아다니듯이 말이야. 와, 게다가 언덕 위에서 풀을 뜯는 근사한 가축들이라니!"

"그렇다면 어째서 다시 돌아왔지? 나 같으면 그곳에서 나오지 않았을 텐데."

정말 궁금하다는 듯이 뚱뚱이 클라우스가 물었다.

그러자 홀쭉이 클라우스가 대답했다.

"나는 여기가 더 좋아. 하지만 그 아름다운 곳을 잊을 수는 없을 거야."

"오, 너는 참 행복한 사람이구나!"

뚱뚱이 클라우스가 부러운 듯 말했다.

"나도 바다 가축을 얻을 수 있을까?"

"물론 그럴 수 있지."

홀쭉이 클라우스가 말했다.

"하지만 난 너를 자루에 넣어서 강까지 들고 갈 수는 없어. 넌 너무 무겁거든. 네가 그곳까지 가서 직접 자루 속에 들어가겠다면 기꺼이 널 던져 줄 수는 있어."

"정말 고마워. 그러나 바다 가축을 얻지 못하면 그땐 널 정말 가만 안 둘 거야. 내 말 명심해!"

"그래, 알았어."

두 사람은 강으로 갔다. 목이 말랐던 소 떼는 물을 보자마자 강가로 달려갔다.

"저것 봐. 가축들이 달려가잖아. 다시 강으로 내려가고 싶은 거야."

홀쭉이 클라우스가 능청스럽게 말했다.

"자, 어서 날 도와줘."

뚱뚱이 클라우스는 바다 가축을 얻고 싶은 욕심에 재촉을 했다. 그러고는 자루 속으로 들어갔다.

"돌을 하나 넣어 줘. 혹시 가라앉지 않을지도 모르니까."

"괜찮은데 뭘."

홀쭉이 클라우스는 그렇게 말하면서도 큰 돌을 자루 속에 넣었다. 그러고는 자루를 단단히 묶고는 발로 뻥 찼다.

"텀벙!"

뚱뚱이 클라우스를 담은 자루는 강물 깊이 가라앉았다.

"뚱뚱이 클라우스가 바다 가축을 찾지 못하면 어떡하지?"

홀쭉이 클라우스는 이렇게 중얼거리며 소 떼를 몰고 집으로 돌아갔다.

아이들의 잡담

한 상인의 집에 아이들이 모였다. 부러울 게 전혀 없는 부잣
집 아이들과 신분이 높은 집 아이들이었다.

"하하하!"

"호호호!"

아이들의 웃음소리는 한순간도 끊이지 않았다. 재미있는 놀
이도 하고, 맛있는 음식도 실컷 먹고 나자 아이들은 모여서 잡
담을 하며 놀았다. 자신의 생각을 서로 솔직하게 털어놓으며
이런저런 이야기를 나누었다.

아이들 중에는 왕을 보좌하는 궁정 시종의 딸도 있었다. 그
소녀는 매우 예쁘고 사랑스러웠지만 지나치게 교만했다. 소녀

는 다른 아이들을 바라보며 뽐내듯 말했다.

"이름이 '젠'으로 끝나는 사람은 아무것도 될 수 없어. 그런
사람들은 만나지도 말아야 해."

소녀의 말에 상인의 딸은 몹시 화가 났다. 아버지의 이름이
바로 '젠'으로 끝나는 '마트젠'이었기 때문이다.

상인의 딸은 지지 않고 말했다.

"우리 아버지는 맛있는 사탕을 수백 개나 사 올 수 있어. 그

리고 너희들에게 줄 수도 있지. 너희 아버지도 그럴 수 있니?"

그러자 작가의 딸이 말했다.

"우리 아버지는 너희 아버지뿐만 아니라 다른 아이들의 아버지도 신문에 실을 수 있어. 왜냐하면 작가니까. 신문사에 글을 써서 보낼 수 있거든."

그러면서 머리를 높이 쳐들고 공주라도 된 것처럼 거만하게 굴었다.

그때 한 가난한 소년이 문틈으로 방 안을 들여다보고 있었다. 그 아이는 가난하고 보잘것없었기 때문에 아이들이 놀고 있는 방에 들어갈 수가 없었다.

소년은 요리사가 요리를 할 때 도와준 대가로 겨우 방 안을 살짝 들여다볼 수 있었던 것이다. 그것도 가난한 소년한테는 대단한 영광이었다.

'아, 내가 너희들 중의 하나가 될 수 있다면 얼마나 좋을까!'

그들을 몹시 부러워하며 정신없이 방 안을 들여다보던 소년은 슬그머니 문을 닫았다.

아이들의 이야기를 듣다가 기분이 매우 나빠졌기 때문이다. 자신의 부모님은 사탕을 잔뜩 사 주거나 글을 써서 신문사에 보낼 수 없는 평범한 서민이었다. 게다가 가장 기분 나쁜 것은 시종의 딸이 이야기한 것처럼, 아버지의 이름은 물론 자신의 이름도 '젠'으로 끝난다는 점이었다.

그 말이 정말이라면 앞으로 어떤 노력을 해도 소년은 아무 것도 될 수 없을 테니까…….

'하지만 난 태어났는걸. 태어났다고!'

소년은 그렇게 생각했다.

그 뒤로 세월이 많이 흘렀다. 아이들은 모두 어른이 되었다.

어느 날, 시내에 훌륭한 집이 한 채 세워졌다. 그 집은 마치 궁궐같이 웅장했다. 게다가 그곳에는 귀한 보물들이 가득 차 있었다.

"저런 집에 사는 사람은 얼마나 훌륭할까?"

"분명히 아주 훌륭한 집안에서 태어난 사람일 거야."

사람들은 모이기만 하면 그 집의 주인이 어떤 사람인지 이야기하느라 시간 가는 줄 몰랐다. 많은 사람들이 그 집에 한 번쯤 들어가 보고 싶어했고, 도시 바깥에 사는 사람들까지도 그 집을 구경하러 모여들었다.

그렇다면 앞에서 이야기를 나누고 있었던 아이들 가운데 과연 누가 이 집의 주인이 되었을까?

알아맞히기 쉽다고? 아니, 그렇게 쉽지는 않을 것이다.

그 집의 주인은 바로 가난한 소년이었다. 소년은 이름이 '젠'
으로 끝나는데도 훌륭하게 자란 것이다.

그럼, 좋은 가문에 돈도 많고 여러 지식까지 갖추고 있던 다
른 아이들은 어떻게 되었을까?

그 아이들도 모두 착하고 훌륭하게 자랐다. 그 아이들에게는
좋은 조건이 있었으니까 당연한 결과인지도 모른다. 그래도 그
아이들을 나쁘다고 할 수는 없다. 그때는 모두 어렸으니까.

그 아이들이 그때 생각하고 말했던 것은 단지 아이들의 잡담
일 뿐이었다.

바보 한스

어느 시골에 오래된 성이 있었다. 그 성의 늙은 영주는 세 아들과 함께 살고 있었다. 영주의 두 아들은 재치 있고 똑똑했다. 그리고 둘 다 공주와 결혼하고 싶어했다.

그런데 마침내 기회가 찾아왔다. 공주가 가장 재치 있게 말하는 사람과 결혼을 하겠다고 선언했기 때문이다.

두 아들은 공주를 만날 준비를 하느라 눈코 뜰 새 없이 바빴다. 큰아들은 3년치의 신문뿐만 아니라 백과사전까지 달달 외울 정도로 공부를 했다.

또 둘째 아들은 조합장이 알아야 할 조합 법규들을 모두 외웠다. 그래서 어려운 정치 문제까지 토론할 수 있을 정도가 되었다.

"내가 공주님과 결혼하게 될 거야!"

두 아들은 서로 자신 있게 말했다.

아버지는 공주를 만나러 가는 두 아들에게 말을 한 마리씩 주었다. 백과사전과 신문을 줄줄 외우는 큰아들에게는 흑마를, 조합장만큼이나 똑똑한 둘째 아들에게는 백마를 주었다.

두 아들은 말이 술술 잘 나오도록 입가에 기름까지 발랐다. 모든 하인들이 뜰에 나와 두 아들이 말을 타고 가는 모습을 지켜 보았다.

"어쩜, 늠름하기도 해라!"

"정말 멋지네요."

하인들은 입에 침이 마르도록 두 아들을 칭찬했다.

이때 아들 취급도 받지 못하는 셋째가 나왔다. 셋째는 형들만큼 똑똑하지 않았기 때문에 '바보 한스'라고 불렸다.

"형들이 말을 타고 어딜 가는 거죠?"

바보 한스가 물었다.

"공주님과 이야기하려고 왕궁에 간답니다. 온 나라가 떠들썩해요. 공주님이 재치 있게 말하는 사람과 결혼하겠다고 했거든요."

하인 가운데 한 사람이 대답했다.

"이런, 그렇다면 나도 가야지."

한스는 아버지에게 말을 달라고 졸랐다.

"아버지, 저도 공주님과 이야기하러 가겠어요. 공주님은 틀
림없이 저를 택할 거예요. 저를 택하지 않는다면 제가 공주님
을 택하겠어요."

"바보 같은 소리 좀 하지 마라. 너처럼 이야기도 제대로 못하는 녀석에게 말을 줄 순 없다. 네 형들을 좀 보아라. 얼마나 훌륭하냐?"

아버지가 한스를 꾸짖었다.

"그럼 염소라도 주세요. 염소는 제 것이잖아요."

한스는 이렇게 말하고 얼른 염소 등에 올라탔다. 그러고는 발꿈치를 염소의 배에 들이밀고 시골길을 신나게 달렸다.

"자, 내가 간다!"

바보 한스는 목청을 높여 신나게 노래를 불렀다. 그렇지만 형들은 조용히 말을 타고 달렸다. 아무 말도 하지 않고 그저 어떻게 하면 공주의 관심을 끌 수 있을지, 그것만 생각했다.

"야호, 내가 간다고요!"

바보 한스는 염소 등에서 형들에게 소리쳤다.

"형님들, 내가 길에서 찾아낸 것 좀 보세요."

한스는 형들에게 길에서 주운 죽은 까마귀를 보여 주었다.

"저런 바보 같으니라고!"

"그걸 가지고 뭘 하려는 거야?"

형들이 물었다.

"아, 이 까마귀를 공주님에게 바칠 거예요."

한스가 자신만만하게 대답했다.

"흥, 잘해 보라고!"

형들은 한스를 비웃으며 앞서 갔다.

"야호, 내가 간다니까요. 내가 찾아낸 것을
잘 보라고요. 이런 거 본 적 있어요?"

얼마 후 한스가 잔뜩 흥분된 목소리로 형들

뒤에서 소리쳤다.

"이번엔 또 뭐냐?"

큰형이 물었다.

한스는 닳아빠진 나막신을 들어 보였다.

"바보! 그것도 공주님께 바칠 생각이냐?"

"그렇고말고요!"

한스는 이번에도 자신 있게 대답했다.

형들은 다시 한 번 한스를 비웃으며 말을 타고 앞으로 달려
갔다.

"야호! 형님들, 날 좀 보세요. 이번에는 별로 좋은 것은 아니
지만……."

"이번엔 또 뭘 찾았니?"

큰형이 물었다.

"이건 말할 수 없어요. 공주님이 이걸 보시면 얼마나 기뻐하
실까!"

"아이고, 그건 도랑에 있는 진흙이잖아!"

"그래요, 진흙이에요. 이 멋진 물건을 아무도 만지려 하지
않더군요."

한스는 그렇게 말하더니 진흙을 호주머니 가득 넣었다.

형들은 말을 타고 갔기 때문에 한스보다 먼저 왕궁에 도착했다. 왕궁은 공주와 결혼하려고 여기저기서 달려온 신랑감들로 이미 꽉 차 있었다.

한스의 형들도 번호표를 받고 줄을 섰다.

온 나라 백성들도 공주가 어떤 신랑감을 고를지 궁금해했다. 그래서 왕궁으로 물밀듯이 몰려들었다. 왕궁 안은 사람들로 시끌벅적했다.

제일 먼저 번호표를 받은 신랑감이 공주 방에 들어갔다. 하지만 그는 공주를 보자마자 그만 말문이 막히고 말았다.

"안 되겠군요. 나가세요!"

공주가 말했다.

이번에는 백과사전과 신문을 줄줄 외는 큰형이 방으로 들어갔다. 그런데 큰형은 방에 들어서자마자 머리에 들어 있는 것을 몽땅 잊어버리고 말았다. 왜냐하면 공주의 방 안이 너무 더웠기 때문이다.

"이 안이 너무 덥군요."

큰형이 겨우 입을 열었다.

"제 아버님이 암평아리를 구워 드시려고 하기 때문이에요."

공주가 대답했다.

'맙소사! 이런 말을 할 줄이야.'

큰형은 전혀 예상하지 못했던 공주의 말에 더 이상 한마디도 할 수 없었다.

"안 되겠군요. 나가세요."

결국 큰형도 그냥 나오고 말았다.

이어서 작은형이 들어갔다.

"방 안이 너무 덥군요."

작은형도 똑같은 말을 했다.

"그래요. 우리는 오늘 암평아리를 구워 먹을 거예요."

공주가 대답했다.

작은형은 당황했다.

"굽는다……, 굽는다고요?"

작은형은 굽는다는 말만 되풀이했다.

"역시 안 되겠군요. 나가세요."

작은형은 풀이 죽어 방에서 나왔다.

이번에는 바보 한스 차례가 되었다. 한스는 염소를 탄 채로 공주의 방으로 들어갔다.

"여긴 참 덥군요."

한스가 말했다.

"그래요. 내가 암평아리를 구울 거예요."

공주가 대답했다.

"그것 참 멋지겠는데요! 그렇다면 저는 까마귀를 굽겠어요."

바보 한스가 천연덕스럽게 말했다.

"그거 좋겠군요. 그런데 당신은 구울 만한 그릇을 가지고 있나요? 나는 냄비가 있어요."

"아, 그런 거라면 마침 좋은 게 있어요."

바보 한스는 낡은 나막신을 꺼내 그 안에 까마귀를 넣었다.

"그렇지만 맛있는 양념은 어디서 구하지요?"

공주가 물었다.

"그것도 마침 제 호주머니에 있어요."

바보 한스는 얼른 호주머니에서 진흙을 꺼냈다.

"저는 많이 갖고 있으니 공주님에게도 나누어 드리지요."

바보 한스가 웃으며 말했다.

"좋아요."

공주도 웃으며 말했다.

"당신을 내 남편으로 정하겠어요."

이렇게 해서 바보 한스는 공주를 아내로 맞았고, 얼마 후 왕이 되었다.

낙원의 동산

옛날 어느 나라에 책 읽기와 산책을 아주 좋아하는 왕자가
살았다. 이 왕자는 좋은 책을 많이 가지고 있었다. 그 많은 책
속에는 어떤 이야기든 다 쓰여 있었다. 그래서 왕자는 모르는
것이 거의 없었다.

하지만 한 가지, 낙원의 동산이 어디 있는지, 그것만은 책에
쓰여 있지 않았다. 그래서 왕자는 더욱더 낙원의 동산이 어디
있는지 알고 싶어 견딜 수가 없었다.

낙원의 동산이란 괴로운 일이나 슬픈 일은 없고, 오로지 즐
겁고 재미있는 일만 있는 천국과도 같은 곳이었다.

왕자가 학교에 들어갈 무렵 할머니에게 들은 이야기에 따르

면, 낙원의 동산에는 꽃 하나하나가 맛있는 과자로 되어 있고, 그 꽃 속에는 아주 좋은 포도주가 들어 있다고 했다. 그리고 꽃 하나에는 국어가, 다른 꽃에는 수학이 적혀 있어서, 그 꽃 과자를 먹기만 하면 그것으로 공부가 저절로 된다고 했다. 그러니까 공부를 해야겠다고 생각하면 꽃과자를 먹으면 되었다. 많이 먹으면 먹을수록 공부를 많이 하는 것이었다.

"야, 멋지다!"

할머니의 이야기를 듣고, 왕자는 낙원의 동산이 정말 좋은 곳이라고 생각했다.

'어떻게 해서든 그 아름다운 곳에 한번 가 보고 싶어!'

왕자는 늘 이렇게 생각했다.

어느 날, 왕자는 혼자 숲으로 나갔다. 이렇게 혼자 살그머니 돌아다니는 것이 왕자에게는 가장 큰 즐거움이었다. 푸른 나무가 우거진 숲속에서 작은 새가 지저귀는 소리가 들렸다.

왕자는 숲속을 정신없이 돌아다녔다. 그러는 사이에 날이 저물었다. 그런데 갑자기 하늘이 흐려지더니, 비가 세차게 내리기 시작했다.

'이거 큰일 났군!'

왕자는 놀라서 비를 피할 곳을 찾았다. 젖은 풀에 미끄러지고, 튀어나온 돌부리에 걸려 넘어지기도 했다.

비는 점점 더 거세져서 가엾게도 왕자의 몸은 흠뻑 젖고 말았다. 빗속을 얼마쯤 헤매다 보니 커다란 바위가 나타났다. 자세히 들여다보니 바위에 동굴 입구가 빠끔히 나 있었다.

'다행이다. 여기서 비를 피해야지.'

왕자는 서둘러 동굴로 들어갔다.

"아니!"

외마디 소리와 함께 왕자는 우뚝 멈추어 섰다. 동굴 안에서 웬 노파가 모닥불을 피워 놓고 커다란 사슴을 통째로 굽고 있는 것이었다.

"이리 오렴."

노파가 왕자를 향해 손짓을 했다.

"불가에 와서 옷을 말려야지."

"고맙습니다."

왕자는 모닥불 곁으로 다가가 앉았다.

"도대체 여기가 어디예요? 할머니 혼자 여기서 사시나요?"

"여기는 바람 동굴이란다. 이제 곧 내 아들들이 돌아오면 알겠지만 말이야."

"아드님들은 어디 있는데요?"

"뭐? 참 한심한 질문이구나."

사슴을 뒤집으며 노파가 말했다.

"그야 그 애들 마음이지."

그런데 갑자기 온몸이 오싹 추워지면서 알갱이가 굵은 눈이 후드득후드득 떨어지기 시작했다. 곧이어 눈보라가 주위로 몰아쳤다.

"오, 하나가 돌아왔군."

"다녀왔습니다."

"북풍이냐? 어서 오너라."

북풍은 전체가 곰 가죽으로 된 바지와 옷을 입고 있었다. 그리고 수염 끝에는 긴 고드름도 매달려 있었다.

왕자는 그를 보더니 무심코 추운 듯이 목을 잔뜩 움츠리고 말했다.

"바로 불을 쬐면 얼굴이며 손에 동상이 생기니까 조심해요."

"동상이라고? 하하하하!"

북풍은 한바탕 웃음을 터뜨렸다. 추위라는 것을 전혀 모르는 북풍이었기 때문이었다.

"그 동상이라는 것 좀 한번 걸려 봤으면 좋겠다, 하하하하."

"손님이 있으니 조용히 하렴."

북풍이 함부로 크게 웃자, 노파가 꾸짖었다.

북풍은 갑자기 얌전해져서는 한 달 동안 돌아다니며 겪었던 일들을 이야기했다.

"저는 이번에 북극해에 갔다 왔어요. 북극해는 지구 저 북쪽 끝에 있는 곳으로, 어디나 얼음으로 막혀 있지요. 마침 러시아 사람이 사냥을 하러 와 있었어요. 해마다 흰곰을 잡거든요. 그리고 나는 해안에서 새집을 보았어요. 아직 날개가 돋지 않은 새끼 제비들이 쨱쨱 시끄럽게 울고 있더군요. 그래서 내가 휙 하고 바람을 불자 모두 단번에 입을 다물어 버렸어요."

노파는 매우 재미있다는 듯 아들의 말에 귀를 기울였다. 그러자 북풍은 더욱 신이 나서 이야기를 계속했다.

"조금 있으니까 러시아 사람이 드디어 사냥을 시작했어요. 인간이 거칠게 총을 쏘며 사냥을 하는 모습을 보니 다시 장난이 치고 싶어지더라고요. 그래서 있는 힘을 다해 바람을 휙 불어 주었죠. 그러자 바다에 떠 있던 커다란 얼음산들이 움직여서 인간들이 타고 있던 배를 두 동강 내 버렸어요. 인간들은 아우성을 치며 뱃고동을 울리며 야단법석을 떨었어요. 아마 단단히 혼이 났을 테니 다시는 북극해에 얼씬거리지 못할 거예요. 하하하."

"그건 좀 심했다."

바람의 어머니인 노파가 말했다. 그때 서쪽에서 서풍이 돌아
왔다. 서풍은 험상궂게 생겼지만, 머리에 아기들이 쓰는 모자
를 쓰고 있어서 한결 부드러워 보였다.

"너는 어디 갔었니?"

노파가 물었다.

"저는 넓디넓은 풀밭에서 뛰어놀다 왔어요. 풀밭에 있는 말 등을 쓰다듬어 주기도 하고, 야자열매를 흔들어 떨어뜨리기도 했어요. 또 깊은 강도 봤고요. 그것이 높은 낭떠러지에서 흘러 떨어져서 물안개가 되어 올라가 하늘에 무지개를 만들었어요. 정말 말로는 표현할 수 없을 만큼 아름다웠어요."

"그건 폭포라고 하는 것이란다."

노파가 가르쳐 주었다.

"강가에서는 물소가 놀고 있었어요. 그리고 오리가 무리를 이루어 헤엄치고 있었지요. 그런데 물살이 빨라져서 물이 폭 포가 되어 떨어지자 물소도 같이 떨어져서 그대로 죽어 버렸 어요. 오리는 날개가 있어서 별일 없었고요. 물이 떨어지자, 모두 푸드덕 공중으로 날아올랐어요. 오리보다 물소가 몇백 배나 힘이 센데, 아무튼 재미있는 일이었죠."

서풍이 이야기를 하고 있는데, 이번에는 헐렁한 옷을 나풀거 리며 남풍이 돌아왔다.

"아, 춥다. 여기는 굉장히 추운걸."

남풍은 그렇게 말하며 모닥불에 나무를 더 넣었다.

"이렇게 더운데……!"

북풍이 투덜거렸다.

"형제끼리 사이좋게 지내야지. 안 그러면 자루에 넣어 버릴 테다!"

노파는 아들들을 엄하게 꾸짖었다.

아들들은 '자루'라는 말에 입을 꾹 다물었다. 동굴 벽에는 자루가 네 개 달려 있었는데, 노파는 아들 바람들이 말을 듣지 않으면 언제라도 이 자루 속에 넣어 버렸다. 자루 속에 갇히면 아들 바람들은 더 이상 아무것도 할 수 없게 된다.

"그래, 너는 무엇을 보고 왔느냐?"

노파는 사랑스러운 눈빛으로 남풍을 바라보며 물었다.

옆에 놓인 돌에 걸터앉아 모닥불에 손을 쬐며 남풍이 입을 열었다.

"어머니, 저는 아프리카에 가서 사자 사냥을 보고 왔어요. 그리고 누런 사막에도 가 보았지요. 사막이란 곳은 꼭 바다 밑바닥 같아요. 위에서는 해님이 쨍쨍 내리쬐고, 아래에서는 모래가 뜨거운 숨을 뱉어 내지요. 온통 모래 바다뿐인 사막에 낙타를 탄 상인 한 무리가 지나갔어요. 제가 휙 하고 바람을 불어서 모래를 감아올렸더니 낙타는 뒷걸음질을 치고, 상인들은 커다란 천을 뒤집어쓰고서 몸을 잔뜩 웅크렸어요. 정말 우스웠어요."

"못된 장난만 하고 다녔구나!"

노파가 얼굴을 찡그리며 말했다.

이윽고 네 번째인 동풍이 돌아왔다. 동풍은 중국 사람 같은 차림이었다.

"너는 어디서 오는 거냐?"

"중국에 갔다 왔어요."

동풍이 대답했다.

"그래? 난 네가 늦어서 또 낙원의 동산에 간 줄 알았단다."

"거긴 내일 가려고요."

"중국에서는 뭘 했니?"

"어머니, 중국에 갔다가 아주 재미있는 마술을 보았어요. 구슬 한 개가 두 개가 되고, 세 개가 되고, 다시 네 개, 다섯 개가 되었다가 펑 하고 사라지더니 원래대로 한 개가 되는 거예요. 그리고 비둘기가 나오는 마술도 보았지요."

"신기하구나!"

"재미있었지만, 내일 낙원의 동산에 가야 하니까 서둘러 돌아왔어요."

그때까지 잠자코 아들 바람들의 이야기를 듣고 있던 왕자는 낙원의 동산이라는 말에 한 걸음 바짝 다가앉으며 동풍을 쳐다보았다.

그때 바람의 어머니인 노파가 말했다.

"자, 모두 저녁 먹자. 사슴 고기가 아주 맛있게 익은 것 같구나."

"네, 어머니!"

아들들은 입맛을 다시며 말했다.

그래서 모두 모닥불 주위에 동그랗게 둘러앉아 구운 사슴 고기를 먹기 시작했다. 왕자는 동풍 옆에 앉았기 때문에 둘은 금방 친구가 되었다.

"저 말이야, 낙원의 동산이라는 곳이 도대체 어디에 있니?"

왕자가 물었다.

"거기 가고 싶니? 그럼 내일 나랑 같이 날아갈까?"

동풍이 말했다.

"데려가 줘. 부탁이야."

드디어 낙원의 동산에 갈 수 있게 되었다고 생각하니, 왕자는 뛸 듯이 기뻤다. 왕자는 너무 설레고 궁금해서 그날 밤 좀처럼 잠을 이룰 수 없었다.

이튿날 아침이었다. 왕자는 기지개를 켜다가 자기가 이미 높은 구름 위에 있다는 것을 알고 깜짝 놀랐다. 동풍이 등에 왕자를 태우고 하늘을 날고 있었던 것이다.

동풍은 끝없이 날아갔다. 숲을 넘고 들판을 지나 산을 넘었다. 그리고 바다며 호수도 훌쩍 건넜다.

바다 위를 지날 때에는 배가 백조처럼 떠 있는 것이 보였다. 해가 질 무렵 커다란 마을 위에 오니, 저 아래쪽 여기저기에 불이 켜지기 시작했다. 그것은 마치 수많은 불꽃이 흩날리는 것처럼 보였다.

"야, 아름답다, 아름다워!"

왕자는 무심코 손뼉을 치며 좋아했다.

"등에서 손 떼지 말고 꼭 잡아. 그러지 않으면 밑으로 떨어져서 교회 첨탑에 걸릴지도 모르니까."

동풍은 왕자에게 주의를 주었다. 커다란 숲에 사는 독수리는 아주 사뿐사뿐 나는데, 동풍은 그보다도 더 가볍게 날았다. 그러는 사이에 어디에선가 좋은 향기가 풍겨 왔다.

"이제 곧 낙원의 동산에 도착할 거야."

동풍이 말했다.

아래를 내려다보니 무화과나무와 석류나무가 산과 들에 우거져 있었다. 그뿐이 아니었다. 들판에 우거져 있는 포도 덩굴에는 탐스런 포도송이가 주렁주렁 달려 있었다.

동풍과 왕자는 그곳으로 내려갔다. 그리고 부드러운 풀 속에서 기지개를 켰다. 많은 꽃들이 동풍을 향해 절을 했다.

"잘 오셨습니다."

마치 이렇게 말하는 것 같았다.

"여기가 낙원의 동산이야?"

왕자가 물었다.

"아니, 아직 더 가야 해."

동풍이 대답했다.

"하지만 거의 다 왔어. 저기 벽처럼 생긴 커다란 바위에 포도 덩굴이 초록색 커튼처럼 늘어져 있지? 저기에 동굴이 있어. 그곳을 빠져나가야만 해. 자, 가자!"

이윽고 둘은 동굴 속으로 들어갔다. 동굴은 어찌나 추운지 몸이 덜덜 떨리고 이가 딱딱 부딪쳤다.

동풍이 서둘러 날개를 펴서 왕자를 따뜻하게 감싸 주었다. 동굴 천장 여기저기에는 물이 똑똑 떨어지는 바위가 온갖 이상한 모양을 한 채 매달려 있었다.

동굴은 기어다니지 않으면 안 될 정도로 낮은 곳도 있었고, 갑자기 밖으로 나온 것처럼 널찍한 곳도 있었다.

그렇게 두리번거리는 사이, 저만치에서 아름다운 파란 별빛

이 반짝반짝 비추었다.

"출구다!"

왕자는 자기도 모르게 소리쳤다. 출구를 통해 밖으로 나오니, 말로 표현할 수 없을 정도로 상쾌했다.

아름다운 강도 한 줄기 흐르고 있었다. 그 물이 어찌나 투명하고 맑은지 마치 수정 같았다.

금색과 은색 물고기들은 물속에서 춤추듯 헤엄을 치고 있었다. 물 위에는 커다란 연꽃이 무지갯빛을 발하며 떠 있었다. 강에는 대리석으로 된 다리가 놓여 있었다.

동풍은 왕자를 안듯이 하여 다리를 건넜다. 건너편 강기슭의 풀 속에서는 공작 한 무리가 빛나는 꼬리를 펼치고 서 있었다. 왕자는 그 아름다움에 눈이 휘둥그레져 소리쳤다.

"와, 아름답다!"

손을 뻗치니 놀랍게도 그것은 공작이 아니라 커다란 머윗잎이었다.

그때 선녀가 나타났다.

'아, 눈부셔라!'

선녀는 해님처럼 반짝반짝 빛나는 옷을 입고 있었다. 선녀의 뒤를 아주 귀여운 여자아이 두세 명이 머리에 반짝이는 별을 붙이고 따라왔다.

동풍이 선녀의 귀에 대고 무슨 말인지 소곤소곤 속삭이자,
선녀가 방긋 웃으며 왕자를 궁전으로 안내했다.

궁전의 벽은 튤립 꽃잎을 해에 비추어 보았을 때처럼 아름다
운 장밋빛을 띠고 있었다.

선녀는 미소를 지으며 왕자를 거실로 안내했다. 거실은 천장
이 높은 커다란 방이었다. 거실의 유리창에는 귀여운 얼굴들
이 수없이 그려져 있었다. 몇천, 몇만 개인지 모를 그 행복해
보이는 얼굴들은 모두 즐거운 듯이 노래를 부르고 있었다.

노랫소리는 하나로 어우러져서 뭐라고 표현할 수 없는 아름
다운 음악이 되었다.

"자, 이번에는 배를 타세요."

선녀가 말했다.

"일렁이는 파도 위에서 맛있는 음식을 먹도록 해요. 이 배는
파도에 흔들리기는 하지만, 움직이지는 않아요. 그 대신 세계
여러 나라들이 눈앞으로 스쳐 지나간답니다."

왕자는 선녀에게 이끌려 배에 올랐다.

세상에 이런 신기한 일이 어디 또 있을까 싶었다. 맨 먼저
온통 하얀 눈이 덮여 있는 알프스산이 눈앞에 나타났다.

산기슭의 골짜기에서 양치는 소년이 능숙한 솜씨로 피리를 불고 있었다. 소년이 지나가자, 커다란 바나나 잎이 배 위까지 늘어졌다.

물 위에는 새하얀 황새가 떠다니고, 강기슭에는 진귀한 동물들이 놀고 있었다. 예쁜 꽃들도 정답게 피어 있었다.

"여기는 세계의 여섯 번째 대륙 오스트레일리아랍니다."

선녀가 속삭이듯 가르쳐 주었다. 얼마 지나지 않아, 이번에는 흑인들이 북과 피리 소리에 맞추어 신나게 춤을 추며 돌고 있는 모습이 나타났다.

또 호랑이며 표범 같은 맹수들이 숲 저쪽을 달려가고 있었다. 그다음에는 북쪽 끝 얼음만 있는 나라가 나타났다. 얼음 나라의 노을은 꿈처럼 빨갛게 불타고 있어서 마치 멋진 불꽃놀이를 하고 있는 것 같았다.

이렇게 계속해서 여러 나라의 모습을 볼 수 있다는 것은 왕자에게는 더할 나위 없이 커다란 기쁨이었다.

'역시 낙원의 동산은 멋있는 곳이야!'

마음속으로 감탄을 거듭하던 왕자가 선녀에게 물었다.

"제가 언제까지 여기에 머물 수 있는지 알 수 없을까요?"

"그것은 왕자님에게 달려 있어요."

선녀가 말했다.

"어떤 점을 주의해야 하나요?"

"하지 말라는 일을 하지 않는 것입니다."

"그거야 어렵지 않지요."

왕자가 자신만만한 목소리로 말했다.

"아닙니다, 그렇게 쉬운 일이 아니에요. 저는 밤에 왕자님과 헤어질 때마다 '저를 따라오세요.'라고 말해야만 한답니다. 그리고 손짓을 하죠. 그래도 왕자님은 저를 따라와서는 안 돼요. 가만히 계셔야만 해요. 만약 왕자님이 한 발짝이라도 제가 있는 쪽으로 다가오면 이 낙원의 동산은 바로 땅속 깊이 가라앉을 거예요. 그리고 두 번 다시 왕자님에게 돌아오지 않을 거예요. 무슨 말인지 아시겠어요?"

"잘 알았습니다."

왕자가 대답했다.

그때 동풍이 다가와 왕자에게 작별의 말을 했다.

"그럼 난 이만 돌아갈게. 100년이 지난 후 다시 와 볼게. 그때까지 안녕!"

"고마워, 잘 가!"

왕자도 동풍에게 손을 흔들었다.

"자, 우리들은 무도회를 열기로 해요."

선녀는 왕자를 투명한 흰 백합꽃의 거실로 안내했다.

꽃의 암술과 수술은 작은 금으로 된 거문고를 켜고 있었다. 왕자와 선녀는 손을 마주 잡고 즐겁게 춤을 추었다.

이윽고 해님이 서서히 지기 시작했다. 하늘은 온통 황금빛으로 물들었고, 백합꽃은 장밋빛으로 빛났다.

이때, 선녀가 상냥하게 미소 지으며 손짓했다.

"저를 따라오세요."

주위의 향기는 더욱 강렬하게 풍기고, 음악 소리는 더욱더 높아졌다.

"따라오세요, 저를."

"지금 곧 갈게요."

왕자는 자기도 모르게 선녀 쪽으로 달려갔다. 선녀가 따라오라고 할 때 따라가서는 안 된다고 했던 그 약속을 첫째 날 밤이 지나기도 전에 벌써 잊어버린 것이다.

선녀의 눈에 눈물이 하나 가득 고여 있는 것이 어렴풋이 보였다. 갑자기 아직 아무도 들어 본 적이 없는 듯한 무서운 천둥이 치기 시작했다. 그와 함께 모든 것이 와르르 무너졌다.

'앗!'

왕자는 아찔한 어지러움을 느꼈다. 아름다운 선녀도, 꽃의 낙원도 땅속 깊이 가라앉고 말았다.

왕자는 따라와서는 안 된다던 선녀의 말을 그제야 또렷하게 떠올렸다. 그리고는 그 자리에 털썩 쓰러졌다.

왕자는 그대로 언제까지고 죽은 듯이 누워 있었다. 차가운 비가 왕자의 얼굴 위로 쏟아져 내리고, 거센 바람이 머리 주위를 휘감고 지나갔다. 왕자는 가까스로 정신을 차렸다.

"아, 나는 돌이킬 수 없는 짓을 했어!"

깊은 한숨을 내쉬며 왕자가 말했다.

하지 말라는 대로 따르는 것쯤이야 쉬운 일이라고 큰소리쳤던 자신이 너무나도 부끄러워서 견딜 수가 없었다.

왕자는 겨우 몸을 일으켰다. 그곳은 커다란 숲속이었다. 주위를 둘러보니 바로 옆에 커다란 바위에 빠끔히 구멍이 뚫린, 바로 그 바람 동굴이 있었다.

동굴 입구에 바람의 어머니가 서 있었다.

"애써 낙원의 동산에 갔는데 어찌 된 일이냐? 생각보다 야무지지 못하구나."

바람의 어머니가 무서운 얼굴을 하고 말했다.

"제 잘못이에요……."

왕자는 가만히 고개를 떨굴 수밖에 없었다. 그토록 가 보고 싶어했던 낙원의 동산에 갔으면서도 약속을 잊어버리는 바람에 모두 망쳐 버린 일이 부끄러워 견딜 수가 없었다.

그러나 바람의 아들들은 오늘도 기운차게, 이미 왕자의 일 따위는 잊어버린 것처럼 계속 어디론가 날아다니고 있을 것이다.

하늘나라에서 떨어진 꽃잎

파란 하늘. 그 너머에 아름다운 천사가 살고 있었다. 천사는 하늘 나라에 정원을 가지고 있었다. 정원에는 예쁜 꽃들이 가득 피어 있었다.

어느 날 정원을 거닐던 천사가 꽃향기에 취해 꽃에 입을 맞추었다. 그러자 작은 잎사귀 하나가 땅으로 떨어졌다. 잎사귀는 숲속 한가운데 있는 늪지에 떨어졌다. 떨어진 잎사귀는 곧 뿌리를 내리고 다른 식물들 사이에서 싹을 틔웠다.

"어떻게 저렇게 생겼을까?"

다른 식물들이 수군거렸다. 아무도 그 잎사귀가 새로 틔운 싹과 어울리려고 하지 않았다.

그동안 다른 식물들에게 많은 설움을 받았던 엉겅퀴나 쐐기풀도 마찬가지였다. 하늘나라에서 내려온 꽃잎은 혼자라는 생각에 무척 외로웠다.

"저건 분명히 집에서나 기르는 식물일 거야."

식물들은 하나같이 하늘나라에서 떨어진 잎사귀를 비웃고 놀려 댔다. 그러나 그 잎사귀는 다른 어떤 식물보다 무럭무럭 자라나 긴 넝쿨에서 계속 가지를 뻗었다.

"어디까지 가려는 거지? 저 녀석은 참 빨리도 자라는구나."

"맞아, 버릇이 없어. 도대체 버릇없는 녀석은 견딜 수가 없다니까."

엉겅퀴와 쐐기풀이 말했다.

어느덧 겨울이 찾아왔다. 식물들 위로 하얀 눈이 소복하게 쌓였다. 그러나 그 눈 속에서도 하늘나라 꽃은 영롱한 빛을 뿜어냈다.

하늘나라 꽃은 봄이 되자 숲속의 다른 어떤 식물보다 훨씬 더 아름다운 꽃을 피웠다. 그때 유명한 식물학 교수가 이곳을 찾아왔다.

교수는 식물들을 자세히 살펴보고 잎을 따서 맛도 보았다. 그러나 하늘나라에서 내려온 꽃나무만은 무엇인지 도무지 알

수가 없었다.

"참 희한한 종류로군! 나도 이 식물은 잘 모르겠어. 도대체
뭘까……?"

주변의 큰 나무들과 식물들은 식물학 교수가 중얼거리는 말
을 들은 다음에야 비로소 그 꽃나무가 자기들과 다르다는 것
을 알았다.

그래서 주변의 나무들은 아무 말도 하지 않았다. 모를 때에
는 가만히 있는게 제일이라고 생각한 것이다.

그런데 이번에는 치료하기 어려운 병에 걸려 오래 살 수 없
는 가련한 어느 소녀가 그 꽃잎이 자라고 있는 숲속을 지나게
되었다.

그 소녀는 순수하고 신앙심이 아주 깊었다. 그래서 부모에게
물려받은 오래된 성서를 가장 소중히 여겼다.

성서에는 하느님의 말씀이 쓰여 있었는데, 그중에서도 소녀
는 다음 구절을 가장 좋아했다.

사람이 너에게 죄를 범하려 하면, 요셉의 이야기를 생각하라. 사
람은 마음속에 나쁜 생각을 품고 있지만, 하느님은 그것을 선의
로 해석하려 하셨도다. 불의를 참으면 너는 오해를 받고 멸시를

받나니, 저들이 기도할 때 멸시하고 십자가에 못
박힌 가장 순결하고 전능한 그분을 기억하라. 주
여, 저들을 용서하소서! 저들은 모르고 한 짓일
뿐입니다.

소녀는 성서의 이 구절을 읽고 또 읽었다.
숲속을 지나던 소녀는 매우 아름답고 상쾌한

향기를 내뿜는 꽃나무를 보았다. 소녀는 가지 하나를 조심스럽게 당겨서 꽃봉오리를 자세히 살펴본 다음 향기를 맡았다. 그 순간 기분이 아주 좋아졌다. 마음도 한결 깨끗해졌다.

"음, 좋아라!"

소녀의 입에서 감탄의 말이 절로 튀어나왔다.

소녀는 그 꽃봉오리가 탐났다. 하지만 함부로 꺾을 수는 없었다. 만약 꺾는다면 그 꽃은 금방 시들어 버리고 말 것이기 때문이었다. 소녀는 단지 푸른 나뭇잎 하나만 집으로 가져가서 성서에 끼워 넣었다.

나뭇잎은 성서의 책갈피 속에 잘 보관되어 있었는데, 시간이 지나도 잎사귀가 전혀 시들지 않았다.

몇 주 뒤 소녀는 그만 세상을 떠나고 말았다. 그 나뭇잎은 성서와 함께 관 속에 누운 소녀의 머리맡에 놓였다. 소녀는 아주 편안하고 행복한 얼굴을 하고 있었다.

한편, 하늘나라 식물은 여전히 그 숲속에서 아름다운 꽃을 피웠다. 나무는 항상 푸르렀고 향기 또한 그윽했으므로 온갖 새들이 날아와 그 나무 앞에서 노래를 불렀다.

엉겅퀴와 쐐기풀은 샘이 나서 흉을 보았다.

"저 이상한 식물 좀 봐. 여기 사는 우리는 절대 저러지 않는

다고!"

숲에 사는 뱀들도 그 나무를 향해 혀를 날름거리며 침을 뱉었다.

이때 돼지를 치는 사람이 숲속에 왔다. 그는 풀이나 나무를 태워 사료를 만들려고 엉겅퀴와 쐐기풀을 마구 뽑았다. 하늘나라 식물도 뽑아 다발을 만들었다.

'이 정도면 쓸 만하겠는걸.'

돼지치기는 일을 마치고 돌아갔다.

그런데 몇 년 후였다. 이 나라의 왕이 큰 병에 걸리고 말았다. 왕은 그동안 나라를 위해 부지런히 일했다. 그러나 너무 무리한 탓에 이제는 아무 소용이 없게 되었다.

신하들은 이 세상에서 가장 똑똑한 사람을 찾아 치료할 방법을 알아 왔다.

"이 나라 어느 숲속에 하늘나라에서 내려온 식물이 자라는데, 이러이러하게 생겼답니다. 저녁마다 그 식물의 잎사귀를 하나씩 따다가 임금님 이마 위에 올려놓으면 임금님의 병이 나을 수 있다고 하옵니다."

"그렇다면 어서 그 식물을 찾아보아라!"

왕은 신하들에게 명령했다.

나라 안의 훌륭한 식물학 교수들이 숲으로 갔다. 그러나 하늘나라에서 내려온 식물을 찾을 수가 없었다. 그 소문을 들은 돼지치기는 식물학 교수를 찾아가 모든 걸 말했다.

"제가 그 잎들을 모두 뽑아 다발을 만들었습니다. 돼지에게 먹일 사료를 만드느라고요."

"뭐라고? 그럼 그 다발이 아직 있느냐?"

"전 그게 그렇게 귀한 건지 몰랐습니다."

"몰랐다고? 이런 멍청이!"

사람들이 그를 야단쳤다. 돼지치기는 어쩔 줄을 몰라 했다.

마지막 남은 나뭇잎 하나가 죽은 소녀의 관 속에 있었지만, 그건 아무도 알 수가 없었다.

왕은 아픈 몸을 이끌고 직접 숲으로 갔다. 왕이 말했다.

"여기에 하늘나라에서 내려온 나무가 있었단 말이로군! 이곳은 성스러운 곳이야!"

왕은 그곳에 금으로 만든 울타리를 치고 푯말도 만들어 세우라고 했다.

왕은 몹시 안타까웠지만 그 식물은 두 번 다시 볼 수 없었다.

길동무

요하네스는 50달러 2실링을 가지고 여행을 떠났다. 얼마 전에 아버지가 돌아가셔서 이제 혼자가 되었기 때문이다.

요하네스는 아버지 무덤 앞에서 훌륭한 사람이 되겠다고 약속을 했다. 그런데 어떻게 해야 훌륭한 사람이 되는지 금방 떠오르지가 않았다. 어느 날 요하네스의 친구가 찾아왔다.

"여보게, 작별 인사를 하러 왔네."

"작별 인사라니, 갑자기 그게 무슨 소린가?"

"응, 여행을 떠날 생각이야. 좀 더 넓은 세상을 보고 싶어. 많은 것을 배우고 돌아올 작정이야."

"그래? 그것도 좋은 일이겠군. 그럼 잘 다녀오게."

요하네스와 친구는 서로의 손을 꼭 잡고 이별을 아쉬워했다.
친구가 돌아가고 난 후 요하네스에게 좋은 생각이 떠올랐다.

'그래! 훌륭한 사람이 되려면 무엇보다 여행을 해서 세상일
을 많이 배워야 해.'

이렇게 해서 여행을 떠나게 된 것이었다.

여행 첫날 요하네스는 들판의 건초 더미 위에서 잤다. 그렇
지만 요하네스는 행복했다.

'아무리 큰 나라의 왕이라고 해도 이보다 좋은 침대는 가질

수 없을 거야.'

건초 더미 옆에는 맑은 시내가 흐르고, 하늘에는 별이 총총 떠 있었다. 그것만으로도 아름다운 침실이 되기에 충분했다.

요하네스는 편안히 잠을 잤다. 그리고 해가 떠올라 주위의 작은 새들이 지저귀며 노래할 때 잠에서 깨어났다.

"안녕, 안녕. 아직도 자는 거니?"

새들이 합창을 했다.

"땡! 땡! 땡~!"

교회에서 종이 울렸다. 일요일이었다. 사람들이 교회로 가고 있었다. 요하네스도 그들을 따라 교회로 갔다. 사람들과 함께 찬송가를 부르고 목사님 말씀을 들었다. 요하네스는 고향 교회에 와 있는 듯한 기분이 들었다.

교회 문밖에는 거지가 지팡이에 몸을 의지한 채 서 있었다. 요하네스는 그 거지에게 2실링을 주었다. 그리고 다시 여행을 계속했다.

저녁 무렵이 되자 날씨가 흐려졌다. 요하네스는 서둘렀지만 금세 캄캄한 밤이 되고 말았다.

그는 작은 언덕 위에 외롭게 서 있는 교회에 다다랐다. 마침 문이 열려 있어서 안으로 들어갈 수가 있었다.

'날씨가 맑아질 때까지 여기서 쉬어야겠다. 너무 피곤해.'

요하네스는 두 손을 모으고 저녁 기도를 드렸다. 그러다 잠이 들었다. 밖에서 천둥 번개가 치는 것도 모르고 잠만 잤다.

요하네스가 잠에서 깼을 때는 한밤중이었다. 궂은 날씨도 맑게 갠 후였다. 창을 통해 달빛이 들어왔다.

자세히 살펴보니 교회 한복판에 관이 하나 놓여 있었다. 그 안에는 땅에 묻히지 못한 시체가 들어 있었다. 그러나 마음이 깨끗한 요하네스는 전혀 무섭지 않았다.

'죽은 사람은 절대 남에게 나쁜 짓을 안 해. 오히려 살아 있는 사람들이 나쁜 짓을 하지.'

죽은 사람 곁에는 살아 있는 사람 둘이 있었다. 마침 그들은 나쁜 짓을 하려던 참이었다. 시체를 관 속에 두지 않고 교회 밖으로 내던지기 직전이었다.

"그러지 마세요. 그건 나쁜 짓입니다."

요하네스가 그 사람들에게 소리쳤다.

"넌 참견하지 마. 이놈은 우리에게 빚을 지고도 갚지 않았어. 이제 죽었으니 한 푼도 못 받게 됐지 뭐야. 그래서 복수하려는 거야. 이놈은 개처럼 교회 문밖에 누워 있어야 한다고."

흉악하게 생긴 남자들이 말했다.

"아저씨, 제게 50달러가 있어요. 이건 제가 물려받은 전 재산이에요. 이걸 드릴 테니 저 사람을 가만 놔 두세요."

"그래? 네가 이놈 대신 빚을 갚아 준다면야 우리도 아무 짓 안 하마."

그들은 요하네스가 주는 돈을 받고 큰 소리로 웃으며 돌아갔다. 요하네스는 시체를 관 속에 잘 넣고 두 손을 가지런히 한 다음 교회를 나왔다. 그리고 편안한 마음으로 숲을 향해 걸었다. 달빛이 나무들 사이를 비추고 있었다.

그 속에서 귀여운 요정이 노는 모습도 보였다. 요정들은 요하네스가 지나가도 겁내지 않았다. 요하네스가 착한 사람이라는 것을 한눈에 알았기 때문이다. 요정들은 노래를 불렀다. 요하네스가 어렸을 때 배운 노래였다.

해가 뜨기 시작하자 요정들은 하나둘 꽃봉오리 속으로 기어 들어갔다. 요하네스가 숲을 막 벗어났을 때였다.

"이봐, 친구! 어디를 가는 건가?"

목소리가 굵은 한 남자가 물었다.

"넓은 세상으로 가고 있어요. 전 가족이 없거든요."

"나도 넓은 세상으로 나가네."

"그럼 우리 서로 길동무가 될까요?"

"그거 좋지!"

이렇게 해서 두 사람은 함께 길을 걷게 되었다. 그리고 그들은 곧 서로 좋아하게 되었다. 둘 다 마음씨가 착했기 때문이다. 요하네스는 이 낯선 사람이 자기보다 훨씬 영리하다는 것을 알았다.

그는 온 세상을 거의 다 돌아다녀서 아는 것도 많았다.

그들이 아침 식사를 하려고 큰 나무 밑에 앉았을 때였다. 한 할머니가 그들 쪽으로 걸어오고 있었다.

할머니는 숲에서 주운 장작을 지고 지팡이에 몸을 의지한 채 걷고 있었다. 장작더미에는 회초리 세 개와 버들가지도 들어 있었다. 힘들게 걷던 할머니는 그만 발을 헛디뎌 미끄러지고 말았다.

"아이고, 다리가 부러졌네!"

"저런……!"

요하네스는 얼른 달려가 할머니를 일으켰다.

하지만 아무런 약도 없는 요하네스는 그저 안타까워할 수밖에 없었다. 그러자 요하네스의 길동무가 작은 배낭을 열고 상자 하나를 꺼냈다.

"할머니 다리를 낫게 해 드릴 수 있어. 나한테 좋은 고약이 있거든."

길동무는 할머니에게 다가갔다.

"할머니, 제가 할머니 다리를 낫게 해 드릴 테니 대신 그 회초리 세 개를 주세요."

할머니는 고개를 끄덕였다. 신기하게도 고약을 바르자마자 할머니는 다치기 전보다도 훨씬 더 잘 걷게 되었다.

"그 회초리로 뭘 하려는 거죠?"

요하네스가 길동무에게 물어보았다.

"이 회초리는 약초 가지야. 내가 아주 좋아하는 거지. 난 좀 괴짜거든."

그들은 다시 길을 떠났다.

"하늘 좀 보세요. 흐려졌어요. 무지무지 짙은 구름이에요."

요하네스가 하늘을 가리키며 말했다.

"그건 구름이 아니라 높은 산이야. 멋진 산이지. 저 산에 가면 구름 위에 올라가 신선한 공기를 마실 수가 있어. 정말 근사하지."

길동무가 말했다. 하지만 산은 보이는 것처럼 그리 가깝지 않았다. 그들은 이틀 밤낮을 꼬박 걸어야 했다.

"이제 다 왔어."

길동무가 말했다.

두 사람은 부지런히 산꼭대기를 향해 올라갔다. 높은 산 위
에서 내려다보는 세상은 참으로 아름다웠다. 또한 따뜻한 햇
볕과 함께 산봉우리 사이로 들려오는 사냥꾼 들의 호각 소리
는 요하네스를 더욱 행복하게 했다.

"신이시여, 당신께 입 맞추고 싶습니다. 이 세상에 이토록
찬란함을 베풀어 주셨으니!"

요하네스와 길동무는 무릎을 꿇고 기도했다.

이때 그들의 머리 위에서 아름다운 노랫소리가 들려왔다. 그
들은 위를 쳐다보았다. 큰 백조 한 마리가 노래를 부르며 하늘
을 날고 있었다.

백조는 무척이나 아름다웠다. 그러나 백조의 고운 노랫소리
가 점점 희미해졌다. 백조는 머리를 떨구고는 서서히 그들 발
아래로 떨어지더니 그만 죽고 말았다.

"저렇게 아름다운 날개는 처음인걸. 저 하얗고 큰 두 날개는
굉장한 가치가 있어. 저걸 가지고 가야겠다."

길동무는 백조의 두 날개를 잘랐다. 그들은 산을 넘어 긴 여
행을 계속했다.

그러고는 마침내 큰 도시에 다다랐다. 도시 한가운데에는 진

짜 황금을 씌운 화려한 대리석 성이 있었다. 그곳에는 왕을 비롯한 왕족들이 살고 있었다.

요하네스와 길동무는 시내에 들어가기 전에 어느 여관에 묵었다. 친절한 여관 주인은 왕이 어느 누구도 괴롭히지 않는 좋은 사람이라고 설명해 주었다.

"그렇지만 공주는 다르답니다. 공주는 아름답지만 사람을 죽이지요."

여관 주인이 고개를 절레절레 흔들었다.

"그게 무슨 말이죠?"

요하네스가 물었다.

"공주는 어느 누구라도 자신에게 구혼할 수 있다고 했답니다. 그래서 왕자든 거지든 누구나 청혼을 할 수가 있어요. 그러나 공주가 묻는 세 가지 질문에 대답을 하지 못하면 사정없이 목을 베어 버린답니다."

요하네스와 길동무는 너무 놀라 한동안 아무 말도 할 수 없었다.

"이런 못된 공주 같으니라고! 회초리로 좀 맞아야겠군. 내가 왕이었다면 벌써 공주에게 벌을 내렸을 텐데."

요하네스가 화가 나서 말했다.

그때였다.

"만세!"

거리에서 사람들이 외치는 소리가 들렸다.

바로 그 공주가 지나가고 있었던 것이다. 공주가 매우 아름다웠기 때문에 사람들은 그녀가 나쁜 짓을 했다는 사실을 깜빡 잊고 그렇게 외친 것이다.

공주는 다이아몬드와 루비로 치장한 흰 말을 타고 있었다. 그녀의 승마복은 금으로 된 것이었다. 머리에 쓴 황금 왕관은 작은 별 같았고, 망토는 수천 개의 아름다운 나비 날개를 짜 맞추어 지은 것 같았다.

그런데 공주는 그 무엇보다도 훨씬 아름다웠다. 공주를 본 순간 요하네스의 얼굴은 빨개졌다.

"정말 아름답다!"

요하네스는 공주의 아름다움에 푹 빠졌다. 그래서 공주가 사람들을 죽인다는 사실을 믿을 수가 없었다.

"난 궁전으로 갈 테야. 가서 저 아름다운 공주님께 청혼을 할 거야."

사람들은 요하네스를 말렸다.

"가면 안 돼요!"

길동무도 말렸다. 그러나 요하네스는 모두 잘될 것이라고 믿었다. 요하네스는 구두와 옷에 솔질을 해서 깨끗하게 차려입고 궁전으로 갔다.

"들어오너라!"

왕이 말했다.

왕은 요하네스를 데리고 공주의 정원으로 갔다. 정원의 나무 꼭대기마다 공주가 냈던 문제들을 알아맞히지 못해 죽은 사람들의 이름이 주렁주렁 매달려 있었다.

"이곳을 보게. 자네도 여기 이 사람들과 똑같은 일을 당하게 될 거야."

왕이 말했다.

"왕이시여, 그런 일은 일어나지 않습니다. 모든 일이 잘될 테니 걱정 마십시오."

요하네스는 왕의 손에 입을 맞추었다.

그때 말을 탄 공주가 다가왔다. 요하네스가 공주에게 인사를 하자, 공주는 요하네스에게 손을 내밀었다.

요하네스는 공주가 사람들이 말하는 것처럼 그렇게 나쁜 마녀일 리 없다고 생각했다.

다음 날 다시 궁전을 방문하기로 하고 요하네스는 여관으로 돌아왔다. 길동무가 그를 기다리고 있었다.

"난 자네를 정말 좋아해. 함께 여행할 수 있는데 이제 자네를 잃게 된다니……. 오, 불쌍한 요하네스! 난 슬퍼. 오늘 밤은 우리가 함께 지내는 마지막 밤이 될 거야."

그러면서 길동무는 요하네스에게 따뜻한 차를 주었다. 목이 말랐던 요하네스는 두 잔을 연거푸 마셨다. 그러자 졸려서 도저히 눈을 뜰 수가 없었다.

요하네스는 깊은 잠에 빠졌다. 길동무는 요하네스를 가볍게 들어 올려 침대에 눕혔다. 밤이 깊었다.

길동무는 백조에게서 잘라 낸 커다란 두 날개를 자기 어깨에 꽁꽁 묶었다. 또 할머니에게 얻은 회초리 가운데 가장 큰 것을 호주머니에 넣은 다음 창문을 열고 도시 위를 날아 궁전으로 갔다. 그러고는 공주의 침실로 통하는 창 아래 모퉁이에 앉았다.

도시는 고요했다. 시계가 11시 45분을 가리켰다.

그때였다. 창문이 열리며 길고 흰 망토에 검은 날개를 단 공주가 도시를 지나 큰 산을 향해 날아갔다.

요하네스의 길동무도 몸을 숨기고 공주의 뒤를 따라 날았다. 그러면서 길동무는 회초리를 꺼내 공주를 때렸다. 회초리를

맞은 공주의 몸에서 피가 흘렀다.

"웬 우박이지?"

공주는 회초리로 맞을 때마다 이렇게 중얼거렸다.

마침내 공주는 산에 내려앉았다. 공주가 산을 두드리자 산이 열리면서 천둥 치는 소리가 났다.

공주는 그 안으로 들어갔다. 물론 요하네스의 길동무도 따라 들어갔다. 그들은 넓고 긴 복도를 지났다.

사방 벽은 반짝반짝 빛났고, 벽에는 수천 마리의 거미들이 이리저리 기어 다녔다.

그들은 금과 은으로 만든 큰 방으로 들어갔다. 벽에는 해바라기만큼 큰, 붉고 푸른 꽃들이 피어 있었다. 그러나 아무도 그 꽃을 꺾을 수는 없었다. 꽃의 줄기는 징그러운 독사였고, 꽃들은 뱀의 입에서 나오는 불길이었기 때문이다.

방 한가운데에는 옥좌(왕이 앉는 자리)가 있었는데, 거기에는 늙은 마법사가 앉아 있었다. 흉악하게 생긴 얼굴에 왕관을 쓰고, 손에는 왕의 지팡이를 들고 있었다. 마법사는 공주의 이마에 입을 맞추고는 그녀를 자기 곁에 앉게 했다.

요하네스의 길동무는 얼른 옥좌 뒤에 숨었다. 마법사가 손을 들자 음악이 흘러나왔다. 크고 검은 메뚜기들이 하모니카를 불고, 올빼미들은 자신들의 몸을 북처럼 때려 장단을 맞추었다. 참으로 우스꽝스러운 무도회였다.

마법사와 춤을 추고 난 후 공주가 말했다.

"새로운 청혼자가 나타났어요. 이번에는 무엇을 물어봐야 되나요?"

"잘 들어라. 쉬운 걸 물어야 해. 네 구두를 생각하렴. 그것은 아무도 알아맞히지 못할 거야. 그리고 그의 목을 사정없이 자르도록 해. 내일 밤에 올 때는 그의 눈을 가져오너라. 그게 먹고 싶으니까."

마법사의 말에 공주는 깍듯하게 허리를 숙여 절을 했다.

"잊지 않겠어요."

마법사가 산의 문을 열어 주자, 공주는 날아서 궁전으로 돌아갔다. 요하네스의 길동무도 재빨리 뒤따라 나왔다.

요하네스의 길동무는 여관으로 되돌아왔다. 그는 날개를 떼고 침대에 누웠다. 공주를 따라다니느라 몹시 피곤했기 때문이었다.

어둠이 사라지고 아침이 되었다. 요하네스도, 길동무도 잠에서 깨었다.

길동무는 요하네스에게 어젯밤 공주와 구두에 대한 이상한 꿈을 꾸었다고 이야기했다. 그러니 공주가 물으면 '구두'라고 대답하라고 했다.

"어쩌면 당신 꿈이 맞을지 몰라요. 하느님이 도와주실 거라고 믿으니까요. 하지만 작별 인사를 해야겠군요. 만약 맞히지 못하면 다시는 볼 수 없을 테니까요."

요하네스가 말했다. 두 사람은 작별 인사를 나누었다.

요하네스는 왕과 공주가 기다리고 있는 궁전으로 갔다.

공주는 어제보다 더 아름다웠다. 그녀가 요하네스에게 손을 내밀며 말했다.

"안녕, 그대여! 내가 무엇을 생각하는지 알아맞혀 보세요."

"구두입니다."

요하네스가 대답했다. 그러자 공주의 얼굴이 하얘졌다. 요하네스가 제대로 맞혔기 때문이다.

"짝짝짝짝!"

왕은 물론 그 자리에 있던 모든 사람들이 박수를 쳤다. 공주의 수수께끼를 알아맞힌 사람은 요하네스가 처음이었다.

무사히 돌아온 요하네스를 보고 길동무는 무척 기뻐했다. 요하네스는 두 손을 모으고 하느님께 기도를 했다. 두 번째도 하느님이 틀림없이 도와줄 것이라고 굳게 믿고 감사를 드린 것이다.

그날 밤도 어제와 똑같았다. 요하네스가 잠들자 길동무는 공주의 뒤를 따라 산으로 날아갔다. 그리고 어제보다 더 세게 공주를 회초리로 때렸다. 그날 밤에는 회초리를 두 개나 가져갔기 때문이다.

그리고 공주와 마법사의 이야기를 모두 엿들었다. 이번에 공주는 장갑을 생각했다.

여관으로 돌아온 길동무는 요하네스에게 다시 꿈 이야기를 해 주었다. 그래서 요하네스는 또 알아맞힐 수 있었다.

궁전에 모여 있던 사람들은 소리를 지르며 좋아했다. 오직 공주만이 화가 나 몸을 떨었다.

그날 밤, 요하네스는 일찍 잠자리에 들었다. 그러나 길동무는 등에 날개를 달고 칼을 차고 회초리 세 개를 들고 궁전으로 향했다. 깜깜한 밤이었다.

지붕의 기와가 날아가고, 죽은 사람들의 이름이 걸려 있는 나무들이 갈대처럼 흔들릴 정도로 심한 폭풍우가 몰아치고 있었다. 끊임없이 번개가 치고 천둥이 울렸다.

이윽고 창문이 열리고 공주가 모습을 나타냈다. 공주가 산으로 향하자 길동무도 부지런히 따라갔다. 그러고는 세 개의 회초리로 아주 세게 공주를 때렸다.

"우박이 너무 심해!"

공주는 겨우 산에 닿았다.

"폭풍우가 치고 우박이 쏟아져요."

공주가 마법사에게 말했다.

"어서 오너라, 공주!"

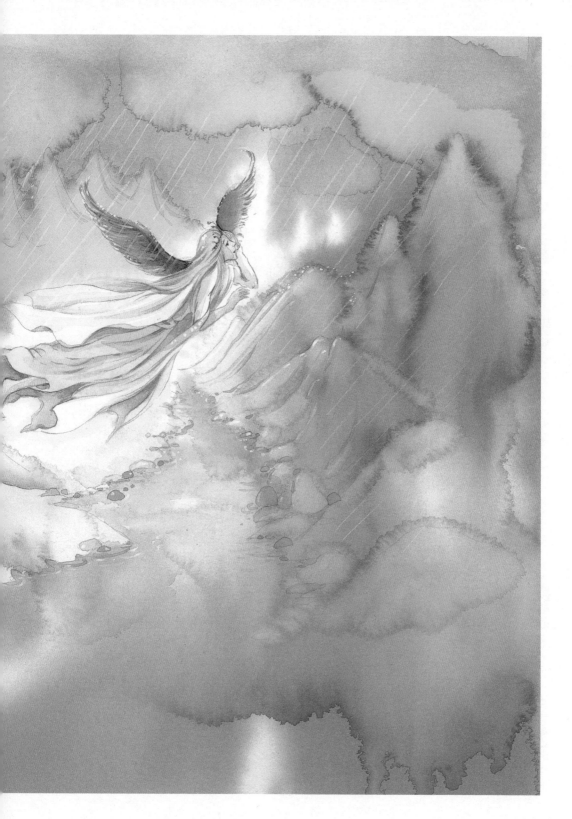

마법사가 그녀를 맞아들였다.

"그가 오늘도 알아맞혔어요. 만약에 내일도 알아맞히면 그가 이기게 될 거예요. 그럼 다시는 이 산에 올 수가 없어요."

공주가 울먹이며 말했다.

"이번엔 알아맞힐 수 없을 거야. 그가 결코 생각할 수 없는 것을 내가 생각해 낼 테니까. 만약에 그래도 맞힌다면 그는 나보다 위대한 마법사임에 틀림없어. 그건 천천히 생각하고, 지금은 재미있게 놀자."

마법사는 공주와 함께 춤을 추었다. 붉은 거미들과 올빼미들, 그리고 귀뚜라미들은 신나게 노래를 불렀다. 즐거운 무도회였다.

드디어 공주가 궁전으로 돌아갈 시간이 되었다. 오늘은 마법사가 공주를 궁전까지 데려다 주었다. 궁전 밖에서 마법사는 공주의 귀에 대고 살며시 속삭였다.

"내 머리를 생각해."

그렇지만 요하네스의 길동무는 마법사의 작은 속삭임까지도 들을 수 있었다.

궁전으로 돌아온 공주가 창문을 통해 살그머니 침실로 들어갔다. 마법사도 이제 돌아가야 했다.

마법사가 몸을 돌리려는 순간이었다.

"에잇, 나쁜 마법사!"

길동무가 차고 있던 칼로 마법사의 징그러운 머리를 베어 버렸다. 마법사는 누가 자기를 베었는지 쳐다볼 수조차 없었다.

길동무는 마법사의 몸을 바다에 던져 물고기 밥이 되게 하고, 머리는 비단 보자기에 싸서 여관으로 가지고 왔다. 그리고 잠이 들었다.

다음 날 아침, 요하네스는 궁전으로 갈 준비를 했다. 길동무는 요하네스에게 그 보자기를 내밀었다.

"공주가 지금까지처럼 자기가 생각한 것을 맞히라고 하면 이 보자기를 펼치게. 그 전에는 절대 펼쳐 보면 안 되네."

길동무가 요하네스에게 말했다.

궁전에는 사람들이 가득했다. 과연 오늘도 요하네스가 답을 알아맞힐지 모두 궁금해했다. 왕도 초조한 모습으로 지켜보고 있었다.

공주가 물었다.

"제가 무엇을 생각하고 있나요?"

그러자 요하네스는 즉시 보자기를 풀었다.

"으악!"

"에구머니!"

사람들은 모두 몸서리를 쳤다. 보자기 속에 무시무시한 마법사의 머리가 들어 있었기 때문이었다. 그러나 공주는 석상처럼 앉아서 한마디도 하지 않았다.

마침내 공주가 몸을 일으켜 요하네스에게 손을 내밀었다.

"이제 당신은 내 남편이에요. 오늘 밤 결혼식을 올리지요."

"그거 좋구나!"

왕도 기뻐했다.

사람들은 모두 만세를 외쳤다.

경비병들이 거리를 행진하며 음악을 연주하고, 요리사들이 총동원되어 음식을 만들었다. 시끌벅적한 잔치가 벌어진 것이다. 저녁이 되자 온 도시에 불이 밝혀졌다. 사람들은 먹고 마시며 춤을 추었다.

그러나 공주는 아직도 마법이 풀리지 않아서 요하네스를 조금도 좋아할 수 없었다.

요하네스의 길동무는 백조의 날개에서 뽑은 깃털 세 개와 물이 조금 들어 있는 작은 병을 요하네스에게 주었다.

"공주의 침대 옆에 큰 물통을 놓아두게. 그랬다가 공주가 침대에 올라가려고 할 때 공주를 통 속에 빠뜨리게. 그리고 백조의 깃털과 작은 병의 물을 모두 쏟은 뒤 공주를 그 물속에 세 번 담갔다가 꺼내게. 그러면 마법에서 풀려날 거야."

요하네스는 길동무가 가르쳐 준 대로 했다. 그가 처음에 공주를 물속으로 밀어 넣자, 공주는 비명을 지르며 검고 큰 새로 변했다.

"어푸! 푸드덕!"

공주는 눈을 번득이며 요하네스의 손에서 벗어나려고 바둥거렸다. 두 번째 나왔을 때에는 목 둘레의 검은 줄만 **빼고** 하얀색으로 변해 있었다.

그리고 마지막으로 물에 담그자 마침내 아름다운 공주로 변했다. 공주는 예전보다도 훨씬 아름다웠다.

"내 마법을 풀어 주셨군요. 정말 고마워요!"

공주는 맑은 두 눈 가득 눈물을 흘리며 요하네스에게 고마워했다.

다음 날 아침, 온 신하들이 결혼을 축하하러 요하네스와 공주를 찾아왔다.

요하네스의 길동무는 맨 마지막에 왔다. 그는 손에 지팡이를 짚고, 등에는 배낭을 메고 있었다.

요하네스는 그의 **뺨**에 여러 번 입을 맞추었다.

"당신이 이 모든 행복을 내게 주었어요. 궁전에서 저와 함께 살아요."

그러나 그는 고개를 가로저으며 말했다.

"아니야, 이제 시간이 다 되었네. 나는 내 빚을 갚았을 뿐이야. 교회에서 사람들이 나쁜 짓을 하려던 시체 기억나나? 그 죽은 남자가 무덤 속에서 평안을 누릴 수 있도록 자네는 전 재산을 그들에게 주었지. 내가 바로 그 시체라네."

길동무는 말이 끝나자마자 사라졌다.

결혼 잔치는 한 달 내내 계속되었다.

그 후 요하네스와 공주는 진정으로 서로 아끼고 사랑하며 행복한 나날을 보냈다.

돼지치기 소년

아주 작은 왕국에 마음은 그 누구보다 착하지만 매우 가난한 왕자가 살고 있었다. 얼마나 가난했던지, 장가갈 나이가 되었지만 그 비용을 준비할 길이 없어 결혼은 꿈도 꿀 수 없을 정도였다.

하지만 왕자에게는 다른 사람들이 모르는 신기한 물건이 두 개 있었다.

그 가운데 하나는 왕이었던 아버지의 무덤 위에 있는 장미 덤불이었다. 그리고 또 하나는 온갖 아름다운 노래를 언제나 부를 수 있는 나이팅게일이었다.

장미 덤불에는 5년마다 딱 한 송이의 장미꽃이 피었다. 그런데 그 장미꽃의 향기가 어찌나 달콤한지, 향기를 맡기만 하면 누구나 근심과 걱정을 잊어버렸다.

왕자는 이웃 나라 황제의 딸인 공주와 결혼하고 싶었다. 그래서 은으로 만든 상자 속에 장미꽃과 나이팅게일을 정성스럽게 넣어 공주에게 보냈다.

공주의 아버지인 황제는 상자 속에 들어 있는 선물을 보고 기뻐서 박수를 쳤다. 하지만 공주는 아쉽다는 듯이 말했다.

"암고양이였으면 더 좋았을 텐데……."

공주를 보살피던 시녀들은 눈부시게 아름다운 장미꽃을 보며 감탄했다.

"정말이지 아름다운 장미야!"

황제도 탄성을 질렀다.

"무척 향기롭구나!"

그러나 공주는 장미를 한번 만져 보더니 실망한 듯한 표정으로 말했다.

"피! 사람이 만든 게 아니라 살아 있는 거잖아?"

황제는 공주를 달랬다.

"얘야, 화부터 내지 말고 또 무엇이 들어 있는지 보도록 하자꾸나."

이번에는 나이팅게일이 나왔다. 나이팅게일이 아름다운 노
래를 부르자 사람들은 모두 입을 다물지 못했다.

"정말 훌륭해!"

"그래요, 더 이상 훌륭할 수가 없어요!"

시녀들은 감탄을 했다. 그러나 공주는 울상을 지으며 말했다.

"살아 있는 노래를 부를 수는 없나요?"

그러자 새를 가져왔던 사람이 말했다.

"공주님, 이 새는 살아 있답니다."

"새가 살아 있다고요? 그렇다면 새를 가고 싶은 데로 날아가게 내버려 두세요."

공주는 왕자가 오는 것을 결코 허락하지 않았다.

그러나 왕자는 실망하지 않았다. 이번에는 초라한 차림으로 변장을 하고 직접 황제를 찾아갔다.

"안녕하십니까? 황제님, 이 궁전에서 일하게 해 주십시오."

"그래? 마침 돼지를 돌볼 사람이 한 명 필요했는데 아주 잘 됐구나."

이렇게 해서 왕자는 공주가 살고 있는 궁전의 돼지치기가 되었다. 왕자는 돼지를 돌보면서 돼지우리 옆에 붙어 있는 작고 초라한 방에서 지냈다.

왕자는 하루 종일 일했다. 그리고 저녁에는 작고 귀여운 냄비를 하나 만들어서 냄비 둘레에 방울들을 달았다.

왕자는 냄비에 음식을 넣고 불을 지폈다. 음식이 끓기 시작하자 냄비가 아름다운 노래를 연주했다.

이 냄비는 또 신기한 요술도 부렸다. 냄비가 끓을 때 올라오는 김에 손을 대기만 하면 누구네 집에서 어떤 음식을 만들고

있는지 금방 냄새를 맡을 수 있었다.

　하루는 공주가 시녀들과 함께 산책을 나왔다. 그리고 그 노래를 가까이에서 듣게 되었다.

　공주는 몹시 기뻐했다. 냄비에서 나오는 그 아름다운 노래는 공주가 매우 좋아하는 것이었다.

　"나도 연주할 수 있는 노래야! 돼지치기가 아주 교양이 있나 보구나. 얘들아, 돼지치기에게 그 악기가 얼마인지 물어보아라."

　시녀 하나가 돼지치기에게 가서 물었다.

　"그 냄비를 얼마면 팔겠니?"

　"공주님이 입맞춤을 열 번 해 주면 그냥 드리겠다고 전해."

　"뭐라고?"

　"그렇지 않으면 절대로 줄 수 없어."

　공주는 그 말을 듣고 몹시 화가 났다.

　"입맞춤을 해 달라 그랬다고?"

　"네, 공주님."

　"이런 못된 녀석 같으니라고!"

　화가 난 공주는 초라하고 더러운 돼지우리로 직접 가 보기로 했다. 그때 또다시 냄비에서 아름다운 노래가 울렸다. 공주는 다시 시녀에게 말했다.

"공주님을 모시는 시녀가 대신 입맞춤을 해 주면 안 되겠느냐고 물어보아라."

하지만 돼지치기는 딱 잘라 거절했다.

"절대로 그럴 수 없습니다. 공주님이 아니면 아무 소용 없습니다!"

공주는 냄비가 탐이 나 견딜 수 없었다.

"하는 수 없지. 그렇담, 아무도 보지 않도록 너희들이 가리고 있으렴."

시녀들은 옷을 넓게 펼쳐서 아무도 보지 못하게 가려 주었다. 이렇게 해서 공주는 냄비를 얻게 되었다.

그런데 정말 재미있는 일이 벌어졌다. 누구네 집에서 어떤 음식을 만들고 있는지 모두 알 수 있게 된 것이다. 공주가 냄비의 요술을 알아 내어 시종의 집이든, 구두장이의 집이든 할 것 없이 모두 알 수 있었다.

공주는 손뼉을 쳤다.

"나는 이제 누가 달콤한 수프를 먹는지, 누가 달걀 요리를 먹는지 다 알고 있어. 이 얼마나 재미있는 일이야!"

시녀들도 재미있다는 듯 손뼉을 쳤다.

"정말 재미있는 일이에요."

"그렇지?"

"네, 공주님!"

한편 왕자는 또다시 딸랑이 하나를 만들었다. 그 딸랑이를 흔들면 온갖 무도회 음악이 흘러나왔다. 그 소리를 들은 공주는 돼지치기의 딸랑이도 갖고 싶어졌다.

"정말 훌륭하구나! 이보다 아름다운 노래는 들어 본 적이 없어. 얘들아, 그 악기가 얼마인지 물어보아라. 하지만 이번에는 절대로 입맞춤 따위는 하지 않을 거야."

공주는 돼지치기에게 시녀를 보냈다.

"공주님, 이번에는 입맞춤을 100번이나 해야 딸랑이를 주겠답니다."

돼지치기에게 갔다 온 시녀가 말했다.

"정말 나쁜 사람이로군!"

공주는 화를 냈다.

"나는 황제의 딸이야! 지금 당장 그에게 가서 전해라. 입맞춤 열 번 만 받고 나머지는 시녀들에게 받으라고."

그러자 시녀들이 말했다.

"공주님, 저희는 돼지치기에게 입맞춤을 하고 싶지 않아요."

"안 돼! 내가 하면 너희들도 해야 돼."

하지만 돼지치기는 공주가 아니면 안 된다고 딱부러지게 말했다. 공주는 할 수 없이 그렇게 하겠다고 약속했다.

시녀들이 공주를 빙 둘러쌌다. 공주는 돼지치기에게 입을 맞추기 시작했다.

"돼지우리에서 웬 소란인고?"

마침 시녀들이 소란스럽게 움직이는 모습을 멀리서 보게 된 황제가 물었다.

"공주의 시녀들이 모여서 무엇을 하고 있는지 내가 한번 가 봐야겠다."

황제는 시녀들이 눈치채지 못하도록 조용히 다가갔다.

시녀들은 입맞춤이 100번을 넘지 않도록 세는 데 정신이 팔려 황제가 가까이 오는 것을 전혀 알아채지 못했다.

"무슨 일이냐?"

가까이 다가간 황제가 큰 소리로 호통을 쳤다.

그때 돼지치기는 여든여섯 번째 입맞춤을 받을 차례였다.

"아니! 이, 이럴 수가……."

황제는 깜짝 놀랐다. 그리고 불같이 화를 내며 공주와 돼지치기를 멀리 쫓아내고 말았다. 공주는 슬피 울었다. 그리고 마음속 깊이 후회하기 시작했다.

'아, 그때 장미꽃과 나이팅게일을 보내 준 멋진 왕자님과 결혼했더라면 이런 불행한 일은 일어나지 않았을 텐데…….'

왕자는 나무 뒤에 숨어서 돼지치기 옷을 벗었다. 그러고는 왕자의 모습으로 공주 앞에 나타났다.

"오, 왕자님!"

공주는 멋진 왕자를 보고 고개를 숙였다.

"난 당신을 비웃어 주려고 왔소."

"뭐라고요?"

"당신은 처음부터 아름다운 장미도 나이팅게일도 알아보지 못했지. 그러면서 사소한 욕심 때문에 미천한 돼지치기에게 입맞춤까지 했소. 이제 그 벌을 받는 거요."

왕자는 냉정하게 말하고는 자신의 작은 왕국으로 돌아가 성문을 굳게 닫아 버렸다. 오갈 데가 없어진 공주는 성문 밖에서 오랫동안 슬프게 노래를 불렀다.

두 자루의 양초

옛날 어느 곳에 두 자루의 양초가 있었다. 한 자루는 꿀벌이 내는 밀랍으로 만든 양초였고, 또 한 자루는 짐승의 기름으로 만든 양초였다.

"나는 다른 양초들보다 훨씬 더 밝은 빛을 내. 그리고 오랫동안 탈 수 있지. 그러니까 당연히 나는 은으로 된 촛대에만 세워져야 해."

밀랍으로 만든 양초가 으스대며 자랑스럽게 말했다.

짐승의 기름으로 만든 양초는 부끄러워서 아무 말도 할 수 없었다.

'밀랍으로 만든 양초의 생활은 상상도 할 수 없을 만큼 화려

하고 멋질 거야.'

속으로 그렇게 부러워할 뿐이었다.

"애, 알고 있니? 오늘 밤에 우리 집에서 멋진 무도회가 열린 단다."

밀랍으로 만든 양초는 마치 자기가 무도회의 주인공이라도 되는 듯이 말했다. 그때 집주인 아저씨가 들어왔다.

"어느새 촛불을 켤 시간이 되었군."

주인아저씨는 그렇게 중얼거리고 나서 밀랍으로 된 양초를 가지고 갔다. 밀랍 양초가 사라지자 짐승의 기름으로 만든 양 초는 더욱 외로워졌다.

'무도회는 얼마나 즐거울까?'

홀로 남은 양초는 그런 생각을 했다.

그때 부엌문 앞으로 어린 사내아이가 찢어진 바구니를 들고 나타났다. 바구니 안에는 감자 대여섯 개와 사과 한 개가 들어 있었다. 그것들은 모두 집주인 아주머니가 주린 배를 움켜쥐 고 있는 불쌍한 사내아이에게 준 것이었다.

"이 양초도 가져라."

주인아주머니는 짐승의 기름으로 만든 양초를 소년의 손에 쥐어 주었다. 소년은 기쁜 표정으로 양초를 받아들었다.

'도대체 나는 어디로 가는 걸까?'

짐승의 기름으로 만든 양초가 도착한 곳은 작은 오두막 집이었다. 천장이 낮고 좁은 방에 세 아이가 어머니와 함께 살고 있었다. 짐승의 기름으로 만든 양초는 그곳에서 양철 촛대 위에 세워졌다.

'이건 너무 심하군!'

양초는 자신의 신세를 한탄했다.

'무도회에 간 밀랍 양초는 지금 틀림없이 훌륭한 은 촛대에 서 있겠지?'

짐승의 기름으로 만든 양초는 무도회장을 밝히고 있을 밀랍 양초가 한없이 부러웠다.

소년의 어머니가 감자를 삶았다. 사과 껍질도 벗겼다. 그렇게 해서 초라한 저녁 식사 준비가 모두 끝났다.

"하느님, 은혜를 내려 주셔서 감사합니다. 잘 먹겠습니다. 고맙습니다. 아멘."

어린 소년이 대표 기도를 마치자 모두 함께 '아멘!' 하고 중얼거렸다.

　어머니와 세 아이는 즐겁게 저녁 식사를 했다. 짐승의 기름
으로 만든 양초가 환하게 그들을 비추어 주었다.

　"이 촛불, 참 밝다!"

　한 아이가 말했다.

　"친절한 아주머니가 행복하시기를……."

　어머니가 기도했다. 가난하지만 조용하고 행복한 집이었다.
시간이 흐를수록 짐승 기름으로 만든 양초는 기분이 좋아졌
다. 착한 사람들을 위해 어둠을 밝혀 주는 스스로가 무척 자랑
스러웠다.

행복한 집

어느 남쪽 나라에 커다란 머윗잎이 있었다. 그 잎은 어린이가 앞에 대면 앞치마를 두른 것같이 보였다. 또 머리 위에 쓰면 우산 대신으로 쓸 수도 있었다.

그런데 머위라는 식물은 절대 한 줄기만 떨어져 자라지 않았다. 반드시 많이 모여서 났다. 커다란 잎을 가진 머위가 탐스럽게 나 있는 모습은 정말 멋있었다.

이 머윗잎 뒤에 달팽이가 살고 있었다. 달팽이는 머윗잎을 먹으며 살아갔다. 그런데 달팽이가 아무리 머윗잎을 먹어치워도 머위는 조금도 줄지 않았다. 줄기는커녕 자꾸만 늘어나서 해마다 머위 숲은 넓어졌다.

달팽이는 비교적 얌전한 생물이다. 게다가 서두르는 법이 없다. 언제든 천천히 기어 다닌다. 커다란 머위의 잎이나 줄기를 옮겨 다니며 조용히 살아간다.

어떤 머윗잎에 달팽이 두 마리가 살았다. 이들은 아직 머위 숲 바깥으로 나간 적이 없었다. 그러나 머위 숲 밖에는 다른 세상이 있다는 것을 알고 있었다.

어느 날, 머위 숲 옆에 있는 살구나무 가지에 새 한 마리가 날아왔다. 새는 느릿느릿 움직이는 달팽이가 답답하여 견딜 수가 없었다.

"이봐, 도대체 뭘 그렇게 꾸물거리고 있는 거지? 좀 더 빨리 움직이는 게 어때?"

새의 말에 달팽이가 대답했다.

"글쎄요, 나는 그렇게 급하지 않아요."

"같은 곳에서만 평생 동안 어정어정하지 말고 다른 곳에라도 좀 가 보지 그래?"

"이곳에는 지붕도 있고 먹을 것도 많이 있는데 왜 옮겨야 하지요?"

"그럼 마음대로 해."

성미가 급한 새는 훌쩍 저 멀리 하늘로 날아가 버렸다.

달팽이는 어디든 자유로이 날아다닐 수 있는 새를 보아도 부러워하지 않았다.

"새는 밤이 되면 어디서 잘까?"

"날개는 있어도 집이 없을 테니 불편할 거야."

"비가 오면 어떻게 할까?"

"무서운 것이 나타나면 어디에 머리나 다리를 숨길까?"

두 마리의 달팽이는 그렇게 말하면서 새를 불쌍하게 여겼다. 딱 한 가지 아쉬운 것은, 달팽이는 언제나 두 마리뿐이었다. 그것이 외로워서 견딜 수가 없었다.

그러던 어느 날이었다.

언제나처럼 느릿느릿 걷고 있는데, 머윗잎 뒤에서 울고 있는 작은 달팽이 한 마리를 발견했다.

"저런, 무슨 일이야? 가엾게도……!"

"얘야, 너는 어디서 왔니?"

두 마리의 달팽이는 울고 있는 어린 달팽이에게 다가가 조심스럽게 물었다.

어린 달팽이가 흐느끼면서 말했다.

"아빠, 엄마, 형제들을 놓쳐 버려서 벌써 몇 날 며칠째 헤매고 있어요. 나, 이제 죽게 될지도 몰라요."

어린 달팽이가 울먹거렸다.

두 마리의 달팽이는 가여운 마음에 어쩔 줄을 몰라 하며 어린 달팽이를 달랬다.

"그래, 그래. 이제 그만 뚝 그쳐야지. 지금부터 내가 아빠가 되어 주마."

"나는 엄마가 되어 줄게. 그러니, 어서 이리 오렴."

그렇게 말하고 두 마리의 달팽이는 자기들이 언제나 살고 있는, 특별히 큰 머윗잎 뒤로 어린 달팽이를 데리고 갔다.

그리고 며칠이 지났다. 어린 달팽이는 맛있는 음식을 먹고 차츰 기운을 차렸다. 그래서 엄마, 아빠가 깜짝 놀랄 만큼 빨리, 먼 곳까지 기어가서 놀게 되었다.

"아가, 그렇게 빨리 기는 것이 아니란다. 언제나 차분하게 천천히 기지 않으면 위험에 처할 수 있단다."

엄마 달팽이는 그렇게 말하고 나서 시범을 보였다. 움직이는 것인지 아닌지 모를 만큼 아주 천천히 기었다.

"잘 보렴, 이 정도가 알맞단다."

어느 날 비가 왔다. 그러자 머윗잎에 빗방울이 튀어 톡톡, 주르륵주르륵 재미있는 소리가 났다.

"어때, 북 같지?"

아빠 달팽이가 자기 솜씨인 듯 자랑했다.

"와, 재미있다! 재미있어."

어린 달팽이는 몹시 기뻐했다.

그러는 사이에 어린 달팽이는 점점 자랐다. 세월이 흐르고
흘러 신부를 맞이할 때가 되었다.

'어디 좋은 신붓감이 없을까?'

엄마, 아빠는 머위 잎에서 잎으로 돌아다니며 열심히 신부
를 찾았다.

그러자 그 이야기를 전해 들은 무당벌레 한 마리가 찾아와 말했다.

"아주 좋은 신붓감이 있어요."

엄마, 아빠 달팽이는 몹시 반가웠다.

"집은 가지고 있나요?"

"집 정도가 아니라 성을 가지고 있어요. 복도가 700개나 있는, 그야말로 훌륭한 성이죠. 바로 개미 나라의 여왕님이랍니다."

무당벌레가 의기양양하게 말했다.

"안 돼요. 친절은 고맙지만, 우리 아이는 개미의 성에 가면 먹혀 버리고 말아요."

엄마 달팽이는 유감스럽다는 듯이 말하며 거절했다.

그러고 나서 얼마 안 있다가 머위 숲을 날아다니던 파리 아주머니가 그 소식을 듣고 찾아왔다.

"이 댁에서 예쁜 신붓감을 찾는다고요?"

엄마, 아빠 달팽이는 반갑게 파리 아주머니를 맞이했다.

"어머나, 어서 오세요. 네, 보시다시피 얘도 이젠 결혼을 해야 해서요."

"등잔 밑이 어둡다는 말은 이럴 때 써야겠군요."

"네? 무슨 말씀이신지요?"

"바로 옆의 머윗잎에 아주 예쁘고 똑똑한 아가씨가 살고 있는 걸 아직까지 모르셨어요?"

엄마, 아빠 달팽이는 당장 달려갔다. 그렇게 빨리 달려 본 것은 이번이 아마 처음이자 마지막일 것이다.

달팽이의 집에서는 그 달팽이 아가씨를 신붓감으로 정했다. 결혼식 날 밤에는 여섯 마리의 개똥벌레가 열심히 푸르스름한 아름다운 빛을 비추어 주었다.

그리하여 머윗잎 달팽이의 집에서 모두가 언제까지나 즐겁고 행복하게 살았다.

우글우글 와글와글 선생

옛날, 어느 곳에 할아버지 한 분이 살았다. 사람들은 모두 이 할아버지를 우글우글 와글와글 선생이라고 불렀다.

어느 날, 이 우글우글 와글와글 선생은 현미경으로 물웅덩이에서 퍼 온 물방울을 꼼꼼하게 살펴보았다.

현미경은 보통 눈에는 잘 보이지 않는 조그만 것을 몇백 배나 크게 보여 주었다.

"아니, 이건 좀 심하군!"

현미경을 들여다보던 우글우글 와글와글 선생이 무심결에 소리쳤다. 단 한 방울의 물속에서 그야말로 대단한 소동이 벌어지고 있었기 때문이다.

　몇백, 몇천이나 되는 작은 생물체가 날고, 뛰고, 할퀴고, 달라붙어 물어뜯고, 울고, 웃는 등 야단법석이었다.

　'음, 이것들을 모두 서로 사이좋고 재미있게 지내게 할 수는 없을까?'

　선생은 고개를 갸웃거리며 곰곰이 생각했다. 하지만 쉬운 일이 아니었다.

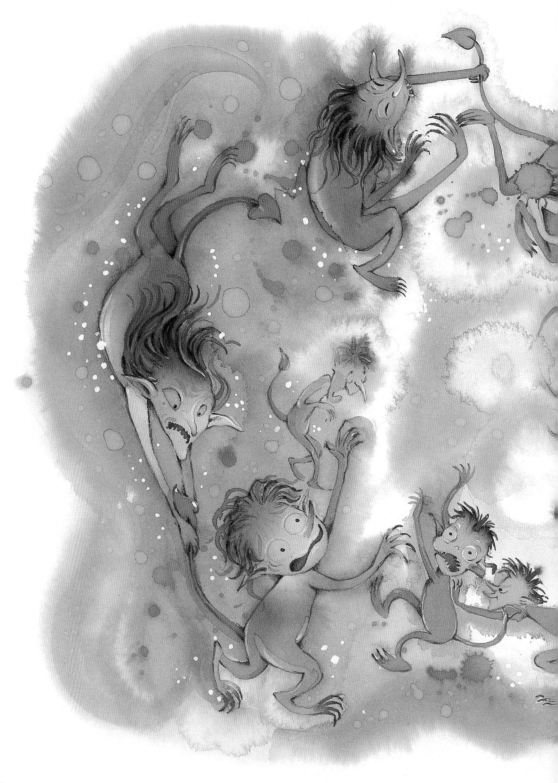

아무리 궁리해도 좋은 생각이 떠오르지 않았다.

'아무튼 좀 더 확실히 보아야 해. 잘 보이도록 색을
칠해 두자.'

우글우글 와글와글 선생은 한 방울의 물 위에 빨간
포도주를 아주 조금 떨어뜨렸다. 순식간에 물은 발그
레한 장밋빛으로 변했다.

소란을 피우던 작은 생물체들은 하나도 빠짐없이 온몸이 장 밋빛으로 물들었다. 그것은 꼭 사람으로 북적대는 커다란 도시가 새빨간 노을빛에 물든 것처럼 보였다.

'음, 이로써 당분간 분명하게 보일 거야.'

선생은 더욱더 열심히 현미경을 들여다보았다. 그러나 보면 볼수록 싫어졌다.

소란은 언제까지고 가라앉을 것 같지 않았다. 힘센 것은 약한 것을 괴롭히고, 먹을 것이 있으면 다투어 달려들어 서로 빼앗았다.

그때, 이웃집 영감님이 와서 물었다.

"뭘 하고 있는 건가?"

"도무지, 원……!"

인상을 잔뜩 찌푸린 우글우글 와글와글 선생이 투덜대며 말했다.

"글쎄, 이것을 좀 보시게."

"어디, 뭐 말인가?"

영감님도 우글우글 와글와글 선생의 현미경을 들여다보았다. 거기에는 정말 무서운 세계가 있었다. 어떤 녀석은 옆에 있는 것을 마구 때리고 있었다. 또 어떤 놈은 다른 것을 냅다

밀쳐 상처를 내기도 했다. 할퀴는 것이 있는가 하면, 물어뜯고 있는 것도 있었다. 맨 밑에 있는 것이 위로 올라오려고 하자, 위에 있는 것과 목숨을 건 싸움이 벌어졌다.

그러나 그런 난장판 같은 와중에서도 단 하나, 아주 얌전하고 조용한 것이 있었다.

"여러분, 사이좋게 지냅시다. 우리 제발 조용하게 지냅시다."

그것은 그 볼썽사나운 싸움을 말리려고 열심히 노력하고 있었다.

"음, 훌륭한 것도 있군."

이웃집 영감님이 말했다.

"엉, 훌륭한 거라고? 어디, 어디?"

이번에는 우글우글 와글와글 선생이 현미경을 들여다보았다. 그리고 열심히 모두의 싸움을 말리려고 애를 쓰고 있는 것을 발견했다.

"과연 있군, 있어. 좀 더 힘내라고!"

선생은 기뻐서 그것을 격려했다.

그러나 마치 정신병자처럼 날뛰고 있는 다른 많은 작은 것들은 훌륭한 그 녀석의 말에 귀를 기울이려고도 하지 않았다.

"뭐라고? 무슨 소릴 하는 거야. 시끄러워, 시끄럽다니까!"

"잠꼬대 같은 소리 하지 마."

다른 것들은 모두 그 얌전한 것에게 달려들어 짓누르고 잡아 뜯고, 마지막에는 모두 합세하여 우둑우둑 먹어 버렸다.

'정말 기가 막힌 세상이로군!'

우글우글 와글와글 선생은 너무 화가 나서 한 방울의 물을 주위에 확 뿌렸다.

물은 안개가 되어 흩어지고, 그 속에 수없이 많던 작은 것들도 어디로 갔는지 사라져 버렸다.

높이뛰기 시합

벼룩과 메뚜기와 장난감 개구리가 서로 자기 자랑을 하고 있었다.

"난 말야, 아주아주 높이 뛸 수가 있어."

벼룩이 말하자 메뚜기도 지지 않고 자랑을 했다.

"아냐, 너보다 내가 더 높이 뛸 수 있어."

그러자 장난감 개구리도 끼어들었다.

"너희들 정말 하늘 높은 줄 모르는구나. 높이뛰기라면 뭐니 뭐니 해도 이 몸이 최고일걸?"

벼룩과 메뚜기와 장난감 개구리 중 어느 누구도 지려고 하지 않았다.

"내가 가장 높이 뛸 수 있어."

"아냐, 나야. 내가 가장 높이 뛸 거야."

"그렇다면 누가 가장 높이 뛸 수 있는지 시합을 하자. 그게 좋겠지?"

이리하여 벼룩과 메뚜기와 장난감 개구리는 높이뛰기 시합을 하기로 했다.

"될 수 있는 대로 많은 사람을 불러서 구경시키자. 그래야 공정한 판정이 나오지."

벼룩이 말하자 메뚜기도 개구리도 찬성했다.

"그래, 좋고말고."

벼룩과 메뚜기와 장난감 개구리는 높이뛰기 시합에 대한 안내장을 여기저기 돌리기 시작했다.

마침내 이 소식은 임금님의 귀에까지 들어가게 되었다.

"나도 그 시합을 구경하러 가겠노라. 하지만 그런 시합에 상이 없다면 시시하니, 가장 높이 뛴 자에게는 내 딸을 신부로 주겠노라."

마침내 시합 날이 되자 구경꾼들이 새까맣게 몰려들었다.

맨 먼저 나온 선수는 벼룩이었다, 사방을 향해 두루 인사를 하며 벼룩이 시합장으로 들어섰다.

다음으로는 메뚜기가 등장했다. 초록색 양복이 아주 고왔다.

마지막으로 개구리가 나왔다. 개구리는 튀어나온 눈알을 뒤룩뒤룩 굴리며 관중을 향해 인사를 했다.

드디어 기다리던 높이뛰기 시합이 시작되었다.

맨 먼저 벼룩이 뒷다리를 한껏 뻗쳐서 힘껏 뛰어올랐다. 너무나 높이 뛰어서 어디로 갔는지 모를 정도였다.

"벼룩이 높이뛰기를 했어? 그런데 어디 갔지? 혹시 안 한 것 아냐?"

이렇게 말하는 사람도 있었다.

다음 차례는 메뚜기였다.

그런데 메뚜기는 방향을 잘못 잡아 임금님의 얼굴로 뛰어들고 말았다. 임금님은 벌컥 화를 냈다.

"무엄한지고!"

이번에는 장남감 개구리 차례였다. 개구리는 공주님을 더 자세히 보려고 깡충 뛰어서 공주님 무릎 위로 뛰어올랐다.

"으악!"

공주님은 깜짝 놀랐다.

너무 놀란 나머지 자리에서 벌떡 일어나는 바람에 개구리는 무릎에서 툭 떨어져 버렸다. 개구리는 다리며 허리에 큰 부상을 입었다.

이것으로 높이뛰기 시합은 끝났다. 그런데 과연 누가 우승을 했을까? 임금님은 판정을 내릴 수가 없었다.

이리하여 벼룩과 메뚜기와 개구리의 높이뛰기 시합은 무승부로 끝나고 말았다. 언젠가 다시 한 번 승부를 가리기로 약속하면서……

꽃 피는 찻주전자

커다란 주둥이와 넓은 손잡이를 가진 찻주전자가 있었다.
이 찻주전자는 질그릇으로 만들어졌는데, 매우 뽐내기를 좋
아했다. 찻주전자의 앞뒤에는 아름다운 주둥이와 손잡이가
하나씩 있었다.

찻주전자는 이것을 아주 자랑스러워했다.

"나처럼 멋진 주둥이와 손잡이를 가지고 있는 그릇은 없을
거야."

찻주전자는 언제나 남들에게 이렇게 큰 소리로 우쭐대곤
했다.

하지만 찻주전자에게는 한 가지 약점이 있었다. 아무리 잘

난 척을 해도 뚜껑에 대해서만은 아무 말도 못 했다.

왜냐하면 뚜껑의 한쪽이 깨져서 엉성하게 땜질을 해 놓았기 때문이다. 그 모양이 아주 볼썽사나웠으므로 찻주전자는 뚜껑 생각만 하면 신경질이 났다.

찻잔이나 크림 통, 설탕 통 같은 친구들도 심심하면 찌그러지고 흠집투성이인 찻주전자의 뚜껑을 놀려 댔다.

찻주전자는 자신의 멋진 손잡이나 아름다운 주둥이를 생각하며 으스대다가도 이런 소리를 들으면 풀이 죽을 수밖에 없었다.

'그래, 나도 내게 결점이 있다는 걸 잘 알아. 하지만 제아무리 잘났어도 결점이 한 가지도 없는 사람이 어디 있겠어? 누구나 단점이 있는 반면에 어느 것에도 뒤지지 않는 장점이 있는 법이야.'

찻주전자는 그런 놀림 때문에 속이 상할 때마다 이렇게 생각했다.

'그래, 한번 생각해 보라고. 찻잔에는 손잡이가 있고 설탕 통에는 뚜껑이 있지만, 난 둘 다 가지고 있어. 어디 그뿐인가? 다른 친구들한테는 없는 근사한 주둥이가 있잖아. 또 설탕 통이나 크림 통은 사람들의 입맛을 돋우는 데 도움을 줄지 모르

지만, 나는 언제나 베풀어 주는 입장이라고. 목이 마른 사람에게 축복 같은 단물을 주고, 향도 빛깔도 없는 맹물이라도 내 안에 들어오기만 하면 향긋한 차로 변한단 말이야. 그러니까 누가 뭐라고 해도 식탁의 여왕은 당연히 나야.'

못생긴 뚜껑 때문에 놀림을 받을 때마다 찻주전자는 이런 생각을 하며 자신을 위로했다. 그리고 그런 생각을 하고 있는 자신이 매우 겸손하다고 생각했다.

그러던 어느 날, 찻주전자는 여느 때처럼 식탁 한가운데에 놓여졌다.

주인아주머니가 희고 고운 손으로 찻주전자를 들어 올렸다. 그런데 그만 실수를 해서 찻주전자를 떨어뜨리고 말았다.

찻주전자는 그대로 바닥에 떨어져 주둥이와 손잡이가 박살이 나고 말았다. 오직 자신의 주둥이와 손잡이를 자랑삼아 살아온 찻주전자는 큰 충격을 받았다.

사람들은 찻주전자가 깨지는 바람에 흘러나온 뜨거운 물을 치우느라 야단이었다. 하지만 누구도 찻주전자에는 신경을 쓰지 않았다. 찻주전자는 한동안 마룻바닥에 엎어져 있었다.

대강 바닥과 주위를 정리하고 난 주인아주머니는 보기 흉하게 뒹굴고 있는 찻주전자를 보며 중얼거렸다.

"이제는 저 주전자가 아무 쓸모 없게 되었구나. 보기 싫으니어서 치워 버려야겠다."

찻주전자는 사람들이 자신을 보고 비웃는 것에 더욱 큰 충격을 받았다.

하지만 어쩔 수 없는 일이었다. 그날부터 찻주전자는 고물 취급을 받아 부엌 선반 구석에 아무렇게나 처박혀 있어야 했다.

그러다 언젠가부터 부엌에서 다 쓰고 난 기름을 받는 일을 하게 되었다.

'아, 내가 부엌데기 신세로 전락하고 말았구나. 이렇게 살아서 무얼 하나?'

찻주전자는 자신의 신세를 한탄하며 눈물지었다.

그런데 운명은 참으로 알 수 없는 것이다. 돌고 도는 묘한 것이 바로 운명인가 보다. 찻주전자에게도 전혀 생각지 못한 또 다른 생활이 시작되었으니까 말이다.

어느 날 갑자기 찻주전자 속이 흙으로 채워졌다.

찻주전자는 깜짝 놀랐다.

'드디어 땅속으로 묻히나 보구나. 이제 나는 다 끝났어.'

찻주전자에게는 또 한 번의 충격이고 부끄러운 일이었다.

우아하게 식탁을 장식하고 사람들의 사랑을 받다가 고물 취급을 당하더니, 이제는 영원히 땅속으로 사라지고 말 것이라는 생각이 들자 서러워서 견딜 수가 없었다.

찻주전자가 이런 생각을 하며 슬픔에 잠겨 있는데, 뜻밖에도 누군가 꽃을 심는 게 아닌가!

찻주전자를 기름 받는 그릇으로 쓰기에는 너무 아깝다고 생각한 모양이었다. 그 이후 찻주전자 속에서는 꽃이 뿌리를 내려 자라기 시작했다.

찻주전자는 그 꽃이 자신의 심장처럼 느껴졌다. 맥박이 활기차게 뛰는 가운데 꽃은 날마다 조금씩 자라났다.

'내 속에서 생명이 자라나다니!'

찻주전자는 가슴이 벅차올랐다. 그러더니 마침내 꽃이 활짝 피어났다.

찻주전자는 마치 그 꽃이 자신이 낳은 자식처럼 여겨졌다. 그 꽃을 보고 있노라면 자신의 신세나 모든 걱정 근심을 다 잊을 수 있었다.

그러나 그 꽃은 찻주전자에게 한마디의 인사도 하지 않았다. 아예 찻주전자의 존재 같은 건 생각하지도 않는 듯했다.

사람들은 꽃만 쳐다보면서 아름답다고 감탄했다. 찻주전자 따위에는 전혀 관심이 없었다.

하지만 찻주전자는 화가 나거나 꽃을 부러워하지 않았다. 자신이 그토록 아름다운 꽃을 기를 수 있다는 것에 뿌듯한 마음을 가질 뿐이었다.

그러던 어느 날 누군가 더 좋은 곳에 옮겨 심어야겠다면서 꽃을 다른 화분으로 옮겨 갔다.

찻주전자는 말할 수 없이 가슴이 아팠다. 자신의 주둥이와 손잡이를 잃었을 때보다 훨씬 더 슬펐다.

그 후 찻주전자는 정말 아무 쓸모가 없어져 마당 한구석에 버려지는 신세가 되었다.

하지만 자신이 아름다운 꽃을 피웠다는 사실만큼은 영원히 잊지 않았다.

나비의 신부

훨훨, 훨훨~!

나비 한 마리가 푸른 하늘을 날고 있었다. 이 나비는 신붓감을 찾아 날아다니는 중이었다.

'내 신붓감으로는 꽃이 제일 좋아!'

나비는 이렇게 생각했다.

하지만 여러 가지 꽃이 많이 있어서 도대체 어떤 꽃을 신부로 삼아야 좋을지 결정할 수가 없었다.

'계속 날아다니다 보면 틀림없이 아주 멋진 꽃을 찾을 수 있을 거야.'

훨훨, 훨훨~!

나비는 여기저기 날아다니면서 신부가 될 만한 꽃을 열심히
찾았다. 그러다가 맨 처음으로 갈란투스를 발견했다.

'귀여운 꽃인걸. 하지만 너무 작아.'

나비는 다른 곳으로 날아갔다. 이번에는 사프란을 발견했다.

'음, 아름다워. 하지만 이 꽃은 나에게 어울리지 않아. 지나
치게 어른스러워.'

나비는 다시 날아갔다.

'와, 굉장하다!'

아네모네를 발견한 것이다.

'하지만 너무 정열적이야.'

나비는 날아가 버렸다. 그리고 제비꽃을 만났다.

'제비꽃은 부드러운 꽃이지만, 너무 부드러워서 미덥지가 않아.'

다음에는 튤립에게 갔다.

"나비야, 안녕!"

빨간 튤립이 고개를 갸웃하며 나비에게 인사를 했다.

나비는 "아, 안녕!" 하고 인사를 하기는 했지만, 화려하기 그지없는 튤립과는 살 수 없다고 생각했다.

'어쩌지, 좀처럼 신붓감을 찾을 수 없네.'

훨훨, 훨훨~!

나비는 또다시 신붓감을 찾아 날아갔다.

이번에는 활짝 핀 수선화를 만났다.

'수선화는 깔끔해. 너무 깔끔해서 좀 외로워 보여.'

수선화도 마음에 들지 않았다.

'야, 근사하다!'

나비는 사과꽃이 가득 피어 있는 곳에 이르렀다.

'하지만 사과꽃은 바람이 불면 금방 져 버리고 말지.'

사과꽃 역시 마음에 들지 않았다.

옆 채소밭에는 완두꽃이 한창이었다.

'야, 멋지다!'

빨강과 흰색 완두꽃이 고상하게 피어 있었다. 완두꽃은 쓸쓸하지도 화려하지도 않았다.

이것이야말로 아무것도 탓할 게 없다는 생각이 들었다.

"완두 아가씨, 안녕?"

나비는 신부가 되어 달라고 말하려고 완두꽃 곁으로 날아갔다. 그러자 콩깍지가 시들어서 지저분한 꽃이 옆에 매달려 있는 것이 눈에 띄었다.

"이건 누구인가요?"

나비가 물었다.

"저의 언니예요."

완두꽃이 대답했다.

"그러면 아가씨도 나중에 저렇게 되나요?"

"그래요."

"아, 그래요? 그, 그럼 그만 가 볼게요. 안녕!"

나비는 허둥지둥 날아 달아났다.

어느새 봄이 지나갔다. 여름도 지나가고 가을이 되었다. 아직 나비는 신붓감을 찾지 못했다.

어느 날, 나비가 날고 있으려니 아주 강한 향기가 풍겨 왔

다. 밭에 박하가 있었다.

'대단하군!'

나비가 감탄했다.

'박하는 꽃은 없지만, 잎이 전부 강한 박하 향기를 풍기지. 잎이 꽃이나 마찬가지인 거야. 이것을 신부로 삼아야지.'

나비는 박하 곁으로 날아가서 말했다.

"박하 씨, 부탁입니다. 제 신부가 되어 주시지 않겠어요?"

그러자 박하가 대답했다.

"나비 씨, 신부가 되어 달라니 어림없어요. 이제 가을이 되었어요. 저는 나이를 너무 많이 먹었어요. 당신도 나이를 너무 많이 먹었고요. 신부라니, 그런 이야기는 하지 마세요."

나비는 결국 어떤 신부도 찾을 수 없었다.

● 이해 능력 Level Up!

1. 「부싯돌」 이야기 중 전쟁터에서 집으로 돌아가는 병사에게 마녀
   가 한 말을 모두 고르세요.

   1) "참 멋진 칼과 배낭을 줄게."
   2) "내가 돈을 벌게 해 줄게. 그것도 아주 쉽게, 아주 많은 돈을
      말이야."
   3) "공주를 아내로 맞이할 수 있도록 도와줄게."
   4) "내가 푸른색 바둑무늬 앞치마를 줄게."
   5) "신비한 힘을 지닌 부싯돌을 줄게."

2. 「부싯돌」 이야기에서 왕은 왜 공주를 탑 안에 가두었나요?

   1) 개들이 와서 공주를 데리고 갈까 봐 두려워서
   2) 공주가 궁궐 안에서 말썽을 피웠기 때문에
   3) 마녀의 예언을 두려워했기 때문에
   4) 공주가 평범한 병사와 결혼하게 될 것이라는 예언을 들었기
      때문에
   5) 밤이 되면 공주가 자꾸만 궁궐 밖으로 나가려 했기 때문에

3. 「벼룩과 교수님」 이야기에 나오는 야만국에서는 어떤 종교를 믿
   는 사람들을 잡아먹나요?

1) 이슬람교인   2) 라마교인   3) 기독교인

4) 불교인   5) 천주교인

4. 「뚱뚱이와 홀쭉이」 이야기에서 뚱뚱이와 홀쭉이는 각각 말을 몇 마리씩 가지고 있었나요?

1) 뚱뚱이 클라우스 2마리, 홀쭉이 클라우스 2마리

2) 뚱뚱이 클라우스 4마리, 홀쭉이 클라우스 1마리

3) 뚱뚱이 클라우스 3마리, 홀쭉이 클라우스 2마리

4) 뚱뚱이 클라우스 2마리, 홀쭉이 클라우스 3마리

5) 뚱뚱이 클라우스 1마리, 홀쭉이 클라우스 4마리

5. 「뚱뚱이와 홀쭉이」 이야기를 읽고 나눈 대화 중 올바르지 않은 것을 모두 고르세요.

1) 은비 : 홀쭉이 클라우스는 아무리 어려운 일을 당하더라도 긍정적으로 생각하고 당당하게 극복하는 사람이야.

2) 재훈 : 뚱뚱이 클라우스는 오직 부자가 되고 싶다는 욕심에 사로잡혀서 결국 강물 속에 빠져 죽고 말아.

3) 희찬 : 홀쭉이 클라우스는 뚱뚱이 클라우스를 위해 일주일 내내 밭을 갈고 말까지 빌려주는데, 뚱뚱이 클라우스는 홀쭉이 클라우스를 위해 고작 하루밤에 돕지 않아.

4) 신연 : 홀쭉이 클라우스는 참 대단해. 그렇게 힘들게 일을 하면서도 일요일마다 교회에 가니까 말이야.

5) 우연 : 홀쭉이 클라우스의 자루 속 마법사는 악마도 부를 수 있을 정도로 신기한 거야. 나도 갖고 싶어.

6. 다음 글을 읽고, 이야기의 순서가 바른 것을 고르세요.

> 가) 뚱뚱이 클라우스는 화가 머리끝까지 치밀었다. 그래서 홀쭉이 클라우스의 말을 몽둥이로 때려서 죽이고 말았답니다.
>
> 나) 홀쭉이 클라우스는 그렇게 말하면서도 큰 돌을 자루 속에 넣었다. 그러고는 자루를 단단히 묶고는 발로 뻥 찼다.
>
> 다) 홀쭉이 클라우스는 말린 말가죽이 들어 있는 자루를 농부에게 주었다. 그 대신 돈을 한 자루 꼭꼭 채워 받았다.
>
> 라) 홀쭉이 클라우스는 말가죽을 벗겨서 바람에 잘 말린 뒤 자루 속에 넣었다. 그러고는 말가죽을 팔러 도시로 갔다.
>
> 마) 뚱뚱이 클라우스는 홀쭉이 클라우스의 몸을 묶고는 자루 속에 집어넣었다.
>
> 바) 뚱뚱이 클라우스는 도시로 나가 큰 소리로 외쳤다.
> "말가죽 하나에 은화 한 자루요."

1) 가)→라)→다)→바)→마)→나)
2) 가)→라)→바)→마)→나)→다)
3) 다)→가)→라)→마)→나)→사)
4) 바)→라)→가)→다)→마)→나)
5) 바)→라)→가)→다)→나)→마)

7. 아래 글은 「낙원의 동산」의 일부분입니다. 이 글을 읽고, 할머니가 왕자에게 들려준 낙원의 동산과 어울리지 않는 것을 고르세요.

> 왕자가 학교에 들어갈 무렵 할머니에게 들은 이야기에 따르면, 낙원의 동산에는 꽃 하나하나가 맛있는 과자로 되어 있고, 그 꽃 속에는 아주 좋은 포도주가 들어 있다고 했다. 그리고 꽃 하나에는 국어가, 다른 꽃에는 수학이 적혀 있어서, 그 꽃과자를 먹기만 하면 그것으로 공부가 저절로 된다고 했다.

1) 꽃 하나하나가 맛있는 과자로 되어 있다.
2) 꽃 속에는 아주 좋은 포도주가 들어 있다.
3) 꽃의 요정이 나와 무슨 소원이든 들어준다.
4) 꽃 하나에는 국어가, 다른 꽃에는 수학이 적혀 있다.
5) 꽃과자를 먹기만 하면 공부가 저절로 된다.

8. 「낙원의 동산」 이야기에서 왕자님을 낙원의 동산으로 데려간 것은 누구인가요?

   1) 북풍   2) 동풍   3) 서풍   4) 남풍   5) 노파

9. 「하늘나라에서 떨어진 꽃잎」 이야기 중, 하늘나라에서 내려온 식물의 진정한 가치를 알고 있는 사람은 누구였나요?

   1) 유명한 식물학 교수   2) 왕   3) 병든 소녀
   4) 돼지치기   5) 신하들

10. 「길동무」 이야기에서 요하네스는 훌륭한 사람이 되려면 무엇을
    해야 한다고 생각했나요?

    1) 친구를 사귄다.   2) 여행을 한다.
    3) 돈을 번다.   4) 공부를 한다.
    5) 기도를 한다.

11. 「길동무」 이야기에서 요하네스가 여행을 하며 겪은 일이 아닌
    것을 고르세요.

    1) 들판의 건초 더미에서 잠을 잤다.
    2) 거지에게 2실링을 주었다.
    3) 죽은 사람의 빚을 대신 갚아 주었다.
    4) 나쁜 짓을 하려는 사람들을 혼내 주었다.
    5) 다리를 다친 할머니를 부축해 주었다.

12. 「길동무」 이야기에서 길동무가 요하네스를 돕기 위해 한 행동이
    아닌 것은 무엇인가요?

    1) 백조의 두 날개를 자기 어깨에 묶고 공주를 뒤쫓아갔다.
    2) 회초리를 꺼내 공주를 세게 때렸다.
    3) 마법을 풀기 위해 공주를 물속에 세 번 담갔다가 꺼냈다.
    4) 비단 보자기에 마법사의 머리를 싸서 요하네스에게 주었다.
    5) 백조의 날개에서 뽑은 깃털 세 개와 물이 든 작은 병을 요하네
       스에게 주었다.

13. 아래의 「돼지치기 소년」 이야기를 읽고, 가난한 왕자가 가지고
    있는 신기한 물건 두 가지가 알맞게 짝지어진 것을 고르세요.

왕자에게는 다른 사람들이 모르는 신기한 물건이 두 개 있었다.
그 가운데 하나는 왕이었던 아버지의 무덤 위에 있는 장미 덤불이었
다. 그리고 또 하나는 온갖 아름다운 노래를 언제나 부를 수 있는 나이
팅게일이었다.

---

1) 나이팅게일과 냄비   2) 장미 덤불과 딸랑이
3) 냄비와 장미 덤불   4) 나이팅게일과 딸랑이
5) 장미 덤불과 나이팅게일

● 논리 능력 Level Up!

1. 「부싯돌」 이야기에서 병사가 신기한 부싯돌을 한 번, 두 번, 세
   번, 순서대로 치면 나타나는 것은 무엇인가요?

_____

_____

_____

2. 다음 「벼룩과 교수님」 이야기를 읽고, 조수가 벼룩을 아끼게 된
   이유를 써 보세요.

벼룩과 조수는 서로를 빤히 쳐다보았다.

"그래, 너라도 있어서 다행이다. 난 친구도 돈도 없어. 너처럼 외톨이에 빈털터리라고."

조수의 말을 알아들었다는 듯이 벼룩이 고개를 끄덕였다.

"허, 고녀석 참! 정말 신기한 벼룩이네. 너, 내 말을 알아듣는 거니?"

벼룩은 또 한 번 고개를 끄덕였다. 며칠을 벼룩과 함께 보낸 조수는 그 벼룩을 매우 아끼게 되었다.

3. 아래 글은 「뚱뚱이와 홀쭉이」의 일부분입니다. 성당 관리인은 왜 음식을 먹으려다 말고 상자 속으로 숨었을까요?

말을 타고 집으로 돌아오고 있는 농부는 마음씨가 착한 사람이었다.

하지만 농부는 성당 관리인을 아주 싫어했다. 성당 관리인만 보면 미친 듯이 화를 냈다. 그래서 성당 관리인은 오늘 농부가 없다는 것을 알고 농부의 아내에게 인사도 할 겸 집에 놀러 온 것이다.

농부를 닮아 마음씨 좋은 부인은 정성껏 음식을 대접하고 있던 참이었다. 그들은 농부가 오는 소리를 듣자 소스라치게 놀랐다.

"어서 저 상자 속으로!"

4. 「아이들의 잡담」이야기에서 상인의 집에 모인 아이들은 어떤 아이들이었나요?

_____

_____

_____

5. 다음 글은 「아이들의 잡담」의 마지막 부분입니다. 이 글을 읽고, 아이들이 나중에 어떻게 되었는지, 그리고 어릴 적에 교만하던 아이들을 나쁘다고 할 수 없는 이유는 무엇인지 써 보세요.

> 그럼, 좋은 가문에 돈도 많고 여러 지식까지 갖추고 있던 다른 아이들은 어떻게 되었을까?
> 그 아이들도 모두 착하고 훌륭하게 자랐다. 그 아이들에게는 좋은 조건이 있었으니까 당연한 결과인지도 모른다. 그래도 그 아이들을 나쁘다고 할 수는 없다. 그때는 모두 어렸으니까.
> 그 아이들이 그때 생각하고 말했던 것은 단지 아이들의 잡담일 뿐이었다.

_____

_____

_____

6. 「바보 한스」 이야기에서 영주의 세 아들이 공주를 만나러 갈 때 타고 간 동물들은 무엇인지 적어 보세요.

_____

_____

7. 「바보 한스」 이야기에서 한스가 공주에게 주려고 가져간 것은 무엇이었나요?

_____

_____

8. 「낙원의 동산」 이야기에서 '낙원의 동산'은 어떤 곳인가요?

_____

_____

9. 「하늘나라에서 떨어진 꽃잎」 이야기에서 세상에서 가장 똑똑한 사람은 왕의 병을 치료하려면 어떻게 해야 한다고 말했나요?

_____

_____

10. 「길동무」 이야기에서 길동무가 할머니의 다친 다리를 낫게 해
　　드리고 받은 것은 무엇인가요?

_____

_____

11. 「길동무」 이야기에서 공주가 요하네스에게 던진 세 가지 질문에
　　대한 답을 순서대로 적어 보세요.

_____

_____

12. 「길동무」 이야기에서 요하네스를 도와준 길동무는 누구였나요?

_____

_____

13. 「돼지치기 소년」 이야기에서 돼지치기는 냄비와 딸랑이를 주는
　　대가로 공주에게 무엇을 요구했나요?

_____

_____

● **논술 능력 Level Up!**

1. 「부싯돌」 이야기에서처럼 만약 나에게 신비한 부싯돌이 생긴다면 어떻게 쓰고 싶은지 써 보세요.

_____

_____

_____

_____

2. 「뚱뚱이와 홀쭉이」 이야기에 나오는 뚱뚱이 클라우스는 욕심 때문에 결국 목숨을 잃습니다. 지나치게 욕심을 부리다가 도리어 손해를 보았던 경험과 그에 따른 생각이나 느낌을 써 보세요.

_____

_____

_____

_____

_____

3. 「뚱뚱이와 홀쭉이」 이야기에 나오는 뚱뚱이 클라우스와 홀쭉이
   클라우스의 성격과 특징을 간추리고, 자신이 본받아야 할 점과
   고쳐야 할 점을 써 보세요.

4. 「바보 한스」 이야기에서 백과사전을 달달 외울 정도로 공부를
   많이 한 큰아들과 누구보다 똑똑한 둘째 아들을 제치고 바보
   한스가 공주와 결혼하게 된 이유는 무엇인가요?

5. 「길동무」 이야기에 나오는 요하네스는 모든 일을 긍정적으로
   생각하는 사람입니다. 자신이 경험했던 일 중 힘들고 어려웠던
   일과 그 일을 대했던 태도에 대해서 써 보세요.

_____

_____

_____

_____

_____

6. 「낙원의 동산」 이야기의 왕자처럼 절제하지 못했거나 규칙을
   어겨서 곤란했던 경험을 적고, 그 일을 통해 깨우친 것을 써
   보세요.

_____

_____

_____

_____

_____

7. 「하늘나라에서 떨어진 꽃잎」 이야기에서 하늘나라 식물이 없어진 것을 알게 된 왕은 그곳에 푯말을 세우고 금으로 만든 울타리를 치라고 명령합니다. 여기서 떠오르는 속담을 적고, 이와 같은 경험에 대해서 써 보세요.

풀이

이해 능력 Level Up!

1. 2), 4)   2. 4)   3. 3)   4. 2)   5. 4), 5)
6. 1)   7. 3)   8. 2)   9. 3)   10. 2)
11. 4)   12. 3)   13. 5)

논리 능력 Level Up!

1. 한 번 치면 동전 상자에 앉아 있던 눈이 왕방울만 한 개가, 두 번 치면 은화를 지키고 있던 눈이 야구공만 한 개가, 세 번을 치면 금화를 지키고 있던 눈이 수박만 한 개가 나타납니다.

2. 벼룩이 조수의 말을 잘 알아들었기 때문입니다.

3. 마음씨 착한 농부인데도 성당 관리인을 싫어해서 만나기만 하면 미친 사람처럼 흥분하기 때문입니다.

4. 부러울 게 전혀 없는 부잣집 아이들과 신분이 높은 집 아이들

5. 좋은 조건을 가지고 있었기 때문에 모두 착하고 훌륭하게 자랐으며, 가난한 소년도 열심히 노력해서 훌륭한 사람이 되었습니다. 한때 교만하게 생각하고 말했던 것도 한낱 어린 시절 잡담에 지나지 않으므로 나쁘게 생각할 수는 없다고 했습니다.

6. 큰아들은 흑마, 둘째 아들은 백마, 셋째 아들은 염소를 타고 갔습니다.

7. 죽은 까마귀, 닳아 빠진 나막신, 도랑에 있는 진흙

8. 괴로운 일이나 슬픈 일이 없는, 오로지 즐겁고 재미있는 일만 있는 천국과도 같은 곳입니다.

9. 하늘나라에서 내려온 식물의 잎사귀를 하나씩 따서 왕의 이마 위에 올려놓으면 낫는다고 했습니다.

10. 회초리 세 개

11. 첫 번째는 구두, 두 번째는 장갑, 세 번째는 마법사의 머리

12. 교회 한복판에 놓여 있던 관 속의 시체

13. 입맞춤을 해 달라고 했습니다.

논술 능력 Level Up!

1. 예시 : 부싯돌로 눈이 큰 개를 불러서 신나는 모험을 떠나거나, 어려운 이웃을 돕고 싶습니다. 이처럼 즐겁고 좋은 일에만 부싯돌을 쓸 것입니다.

2. 예시 : 용돈을 올려 달라고 떼를 쓰다가 되레 깎이고 말았던 일이 있습니다. 또, 맛있는 음식을 보고 욕심을 부리다가 배탈이 났던 일도 있습니다. 욕심을 부리기보다 자기에게 알맞은 수준을 정하고, 그에 따라 행동하는 것이 오히려 이익이라는 것을 깨닫게 되었습니다.

3. 뚱뚱이 클라우스는 오직 부자가 되고 싶다는 생각으로 가득 찬, 욕심이 많을 뿐 아니라 경솔한 성격의 사람입니다. 반대로 홀쭉이 클라우스는 아무리 어려운 일을 당해도 긍정적인 생각을 하고 당

당하게 맞서는 착한 사람입니다. 나는 홀쭉이 클라우스처럼 어려운 상황에 맞서 지혜롭게 대처할 수 있는 능력이 부족합니다. 항상 긍정적으로 생각하고 적극적으로 대처하는 행동을 본받아야 한다고 생각합니다.

4. 머리로 하는 계산은 형들만 못하지만, 한스는 진실한 마음으로 대했기 때문에 공주를 감동시킨 것입니다. 열린 마음과 열린 눈으로 순수하게 살아가는 사람들이 한층 더 훌륭한 삶을 사는 것입니다.

5. 예시 : 여름 방학 때 극기 훈련을 받았던 적이 있습니다. 그때 옆에 있던 친구들은 모두 씩씩하게 잘 견뎠지만, 나는 너무 힘들어서 짜증을 내고 마구 울었습니다. 나중에 부끄러운 행동이었다는 생각이 들어 후회를 많이 했습니다.

6. 예시 : 용돈을 한꺼번에 써 버리고 꼭 써야 할 때 쓰지 못해서 쩔쩔 맸던 일, 게임에 빠져 밤을 새우고 다음 날 학교에서 졸다가 혼났던 일이 있습니다. 그 순간에만 좋고 다음에는 더욱 힘들어지기 때문에 늘 반성하고 다음부터는 그렇게 하지 않겠다고 다짐하지만, 잘 지켜지지 않습니다. 이 이야기를 교훈삼아 다음부터는 스스로 약속을 잘 지켜야겠다고 생각합니다.

7. 예시 : '소 잃고 외양간 고친다.'는 속담이 떠오릅니다. 이와 비슷한 경험은 짝꿍이 전학을 갔을 때입니다. 마음은 그렇지 않은데도 괜히 시비를 걸어 다투곤 하던 짝꿍 소희가 전학을 간 뒤 많이 후회했습니다. 친하게 지낼 걸 아쉽습니다.